君の隣にいたいから

染井吉乃

幻冬舎ルチル文庫

CONTENTS ✦目次✦

君の隣にいたいから

✦カバーデザイン＝齊藤陽子（CoCo.Desigen）
✦ブックデザイン＝まるか工房

イラスト・六芦かえで✦

君の隣にいたいから

……印象的だったのは、長身に栄《は》えるような姿勢のよさ。そしてとても長い時間お焼香で手を合わせてくれていたこと。

何故《なぜ》か彼のその後ろ姿だけは、他の誰よりも片桐和喜《かたぎりかずき》の印象に残っていた。

公立中学の教師を務めていた和喜の父・浩《ひろし》が倒れたのは、職場の中学校だった。

大学生の和喜が連絡を受けて病院へ駆《か》けつけた時にはもう、浩は息を引き取ってしまっていて、そのまま慌ただしく病院から斎場《さいじょう》へ、そして葬儀《そうぎ》になった。

通夜も葬儀も雨、そして雨。

喪主は和喜。天涯孤独《てんがいこどく》だった浩は和喜が幼い頃に離婚《りこん》していて、他に親族らしい親族もいなかったため葬儀の規模はそう大きなものではなかったのだが、彼の教え子だった者達が絶え間なく弔問《ちょうもん》に訪れ、その突然の死を涙で悼《いた》み、遺《のこ》された和喜へ声をかけてくれた。

まだ未成年で葬儀の手配すら判《わか》らなかった和喜に代わり、浩の職場の者達が親身《しんみ》に助けてくれ、既知《きち》の者だという僧侶《そうりょ》が遠方《えんぽう》から駆けつけて弔《とむら》いのお経《きょう》をあげてくれた。

父親の死を悲しむ間もなくばたばたと言われるままに故人を見送り、和喜が休むために家に帰ってきたのは急逝《きゅうせい》の報《しら》せを受けてから三日目の夜になる。

東京・杉並区《すぎなみく》にある家は駅から少し離れた住宅街に位置する二階建ての一軒家《いっけんや》。

「ただいま。凄《すご》いな…」

引き戸を開くと、中の玄関には外に溢《あふ》れんばかりの供花《きょうか》が置かれていた。故人を悼み、自宅へ送られたものだ。ひっきりなしに届く花に、顔見知りの近所の主婦が和喜から鍵《かぎ》を預かって斎場にいる彼に代わって受け取ってくれていた。

「斎場にも沢山《たくさん》花が届いていたのに」

式場ではなくわざと自宅へと届けられた花は、葬儀が終わってから家が寂《さび》しくないように気遣われたものだろう…と、和喜は葬儀社の人から聞いている。

「…」

仕事熱心だった父親は、いつも帰宅が遅かった。

帰宅した時に家の電気を灯《とも》し、夕食の仕度《したく》をするのは和喜の仕事でありこれが初めてのことではない。

花を避《よ》けて縫《ぬ》うようにリビングへ向かう。リビングに続いた先の和室に急遽《きゅうきょ》整えられた白い布を敷いた祭壇《さいだん》があり、そこに父親の遺影《いえい》と位牌《いはい》を置いて手を合わせてみた。

「…なんか、あんまり実感わかないな」

和喜は自分に言い聞かせるように小さく呟《つぶや》き、それが正しいことか確かめるように遺影が飾られている祭壇を見つめたまま小さく首を傾《かし》げてみる。

だが和喜の問いかけに応じる声は、ない。

三日前、いつもと変わらない朝だった。父親に朝ご飯と弁当を作り、じゃあと言って大学へ行くために先に家を出た。

父親はリビングのソファで新聞を広げながら、いつも通り手を上げて自分を送り出し…それが父親と言葉を交《か》わし、生きている姿を見た最後になったのだ。

学校で倒れて病院で息を引き取った父親は、そのまま葬儀社の斎場へ運ばれて冷凍安置され、葬儀の後は片桐の墓に納骨されたので体もこの家へ戻れなかった。

「…」

見ると、ソファに地域ニュースを表にして無造作《むぞうさ》にたたまれた三日前の新聞が置かれている。昨今《さっこん》の不況《ふきょう》の煽《あお》りを受け、家の近くの工場が倒産していた記事が小さく載《の》っている。

和喜は着慣《きな》れない喪服《もふく》のネクタイを緩《ゆる》めながら、手をのばしてその新聞に触れてみた。

父親が触れていた新聞からは、当然だがぬくもりは感じられない。

「父さん…」

もう、この家に父親は戻ってこない…永遠に。

和喜は独《ひと》りになってしまったのだ。

そんな思いが唐突に、まるで音もなく足元に転がってきたかのように和喜の現実として落ちてくる。

「永遠に、誰も帰って来ない…」

これからは全部自分一人だ。いつかはここを離れて独立するかもしれないと考えたことはあっても、こんなふうな形で突然一人暮らしになるとは思いもよらなかった。

「だけど…父一人子一人のお葬式だったのに」

戻って来なかった父親の存在を知らしめるかのように、留守の間に置かれていた噎《む》せ返《かえ》るほどの花の匂《にお》いと、喪服に移っている線香の匂いもこうしてある。

父親の死をリアルな現実として感じている半面、どこか和喜の中で他人事《ひとごと》のような気もするのも事実だ。そこだけが、現実と切り離されて遮断《しゃだん》されている。

遺族は自分一人、他に父親の訃報《ふほう》を知らせる親族は誰一人いなかった。

だが葬儀は父親の同僚達が和喜を支えるように傍《そば》にいてくれ、これから先のことやしなければならないことなど丁寧《ていねい》に教えてくれていた。

止《や》まない雨の中驚くほど大勢の弔問客が訪れて、正直喪主の和喜のほうが誰かの葬式に参列した気分だったのだ。

「父さん、学校で人望があったんだな」

想定以上の弔問客に香典返《こうでんがえ》しが足《た》りず、慌《あわ》てて足して貰う場面もあった。

届けられていた卒業生達からの沢山の花、棺《ひつぎ》に泣き崩《くず》れる制服姿の女子生徒、出棺《しゅっかん》の時に父親の名を叫んでくれた男性の声、傘も差さずに見送ってくれた人々…どれも自分の父親のためにしてくれたことだと実感する分、逆に父親の存在を遠く感じてしまっている。

「…俺には『教師の仕事してる父親』だけど、学校《むこう》からみれば『自分の学校の先生』で、彼らのものだもんな」

自分達の教師の急死に悲しみ、弔ったのだ。

和喜は一人っ子で、生前の父親を偲《しの》んで話す家族がいない。彼らのように泣きながら互《たが》いに手を握り、これから先込み上げるであろう悲しい気持ちを慰《なぐさ》めあう相手もいないのだ。

「…そうか」

彼らのもの、という呟きに和喜はやっと自分の中で腑《ふ》に落ちた気持ちになり、着替えるために改めて礼服の上着に手をかけた。

その時、玄関から引き戸が開かれた音と共に来客の声が届く。

「ごめんくださーい」

「こんな時間に誰だろう…？　はーい」

もう夜の九時近いが、近所の人が和喜の帰宅を待って弔問に来てくれたのだろうか。

父親のことを考えていたためなのか、来訪を告げる声が一瞬生前の父の声に重なった。

「父さんが？　まさか」

違うと判っていてもそんなことを考えてしまいながら、和喜は脱ぎかけの上着を羽織《はお》り直して急いで玄関に向かう。

「どちら…」

「うわ、凄い花」

玄関にいたのは、見知らぬ男だった。

年齢は二十代半《なか》ばくらいだろうか、細身で和喜よりも背が高い。グレイのパーカーを羽織り、肩には大きめのスポーツバッグを背負っている。

「…！」

玄関に迎えに出た和喜に気付くと、男は柔らかな笑顔を浮かべた。

「和喜？」

父親が面倒をみた、卒業生の一人だろうか。勤め先が自宅から近いこともあって、生前父親は家庭内に問題を抱える生徒を家に招くこともあったので、この家を知っている生徒も少なくない。

だが自分を呼び捨てにするほど、親しくなった生徒はこれまでにいないはずだが。

「そうですけど…失礼ですが、どちら様ですか」

和喜の問いに、来訪者《らいほうしゃ》は思いがけない一言を口にした。

「どちら様…って、和喜のお兄様です」

まさに寝耳《ねみみ》に水のような男の言葉に、和喜は自分でも驚くほど大きな声が出てしまう。

「はあ⁉」

「はあ？　って…もしかして憶《おぼ》えてない？　親父《おやじ》から俺のこと、聞いてない？」

「聞いてません…！」

「即答《そくとう》か…。小さい時に、あんなに一緒に遊んだのに」

「誰ですか」

葬儀にかこつけてタチの悪い人間が来ることがあるからと気をつけなさいと、今日も弔問に訪れた大人《おとな》達から聞かされている。この男も、もしかしてその類《たぐい》かもしれない。

「だから君のお兄さん…なんだけど。えーと、どこから説明をしたらいいんだ…親父が昔、離婚したのは知ってる？」

問われ、和喜は警戒心《けいかいしん》を露《あら》わにしながらも頷《うなず》く。

いきなり兄弟だと言われても、とてもではないが和喜には信じられなかった。

自分に家族が…兄がいるなど、亡父から一度として聞いたことがない。

「離婚した時に、俺は母親側に引き取られたんだ。俺の名前は聖陽《せいよう》、遠慮《えんりょ》なくお兄ちゃんって呼んでいいよ」

「俺と全く、似てないんですけど」

険《けん》のある和喜の言葉ももっともで、訪れた聖陽は自分と何一つ似ている部分がない。

聖陽は美形と表現しても差し支えのない、端正で綺麗《きれい》な容貌《ようぼう》をしていた。落ち着いて甘さのある優し気な顔立ちに、人懐こそうな笑顔を見せている。

和喜もまた人目を惹《ひ》く充分整った顔立ちをしているが、聖陽とは印象が違っていた。

聖陽はやや女性的な柔らかさがある顔だが、和喜は見た目通りに少し硬さがある黒い髪と、意志の強そうな双眸《そうぼう》を持つ。見栄えのよい清潔感《せいけつかん》のある目鼻立ちは成人を過ぎる頃にはもう少し精悍《せいかん》さが出てくるだろうが、今はまだ男臭い強面《こわもて》というよりも少しだけ幼さが残っている絶妙なバランスを持っていた。実年齢よりは、いつも若く見られがちだ。

身長にしても和喜は百七十センチ台で少し痩《や》せている以外は平均的、聖陽はそれよりも上背がある。父親も確かに背は高かったが家族間に見られる、体の共通の類似が探せない。

それでも…敢《あ》えて言うなら、聖陽には亡くなった父親の面影がある。それから、声。

最初に玄関から聞こえて来た声も、そんなはずはないと頭で判っていても父親が帰って来たのかと一瞬耳を疑った。

その他で辛《かろ》うじて共通するのは、同じ性別の男だというくらいだろう。

だから自分と聖陽はまるで似ていないが、聖陽と父親ならやや近い…とも言える。

「…似てない家族だっていると思うけど」

どうしてそんなことを言うのだろう、そんな半分問いかけのような口調の聖陽に和喜は苛《いら》立《だ》ちを感じながら食い下がる。

「それに、俺のお母さんはもう死んだって聞いてます」

離婚した母親が死亡したのなら、その時にここへ戻ってきてもおかしくないはずだ。それにこれまでだって電話や、季節の便りなども聖陽からは一度も届いていない。

「あれ？　お母さんが亡くなっていることは知っているのか？　親父の奴、俺のことは言わなかったクセに、そのことは和喜に伝えていたのか。中途半端だなあ」

「それに本当に兄なら、どうして父さんの葬儀に来てくれなかったんですか」

警戒心を解かないままの和喜に、靴を脱ぎかけていた聖陽は顔を上げた。

「父親が急死してテンパってる所に、いきなりお前の兄だってのこのこ出ていったら周囲だって混乱するよ。和喜自身、俺のこと憶えていなかったのなら尚更《なおさら》。それに俺は片桐の籍を抜けて、姓も変わってる。俺がこの家の長男でも、長く一緒に暮らしていた和喜が喪主をしたほうがスマートだし、親父も嬉《うれ》しかったはずじゃないかな」

柔らかな口調で聖陽に説明を受けても、和喜には納得出来かねる。

「俺が大きくなってから、一度もこの家に来たことがないですよね。連絡だって一度も。離婚しても、自分の家なのに…父さんに会いにも、来てない」

「離婚してすぐ、遠方に引っ越したんだ。そう簡単に上京は出来ないし、実のところ…生前、親父とはあまり合わなかったから、学生の頃はわざわざ上京してまで会いに来ようって気にはならなかったからね」

「だけど…」

「うーんと…とりあえず、線香あげさせて貰《もら》える？」

兄だというのは嘘《うそ》だとしても、弔いに訪れたのは本当のようだ。焼香したいと望まれたら断れない。

「…どうぞ」

明らかに渋々といった仕種《しぐさ》で、和喜は聖陽を中へと招き入れる。

「ただいま」

聖陽はそう呟くと、靴を脱いで和喜を追い越して廊下《ろうか》の先にあるリビングへ向かった。

「…」

家の中で迷う様子のないその後ろ姿を、和喜は目で追う。

「やあ、ずいぶん急だったね」

遠慮なく和室に入った聖陽は、週末何して過ごした？　と同じレベルの口調で祭壇の遺影へと声をかけると、慣れた仕種で焼香する。

少し頭を下げているが、姿勢のいいその後ろ姿に聖陽は見覚《みおぼ》えがあった。

「…のに」

「え？」

すぐに顔を上げた聖陽へ、少し離れて立っていた和喜は眉《まゆ》を寄せながら続ける。

「葬儀に、来てたのに。お通夜の時だけじゃなくて、告別式にも。来てましたよね」

葬儀の時は礼服だったが、今はラフすぎる服装だ。着ていた服のギャップがありすぎて、すぐに同じ人物だと思い至らなかった。

「…どうして？」

「見かけて、憶えていたから。今、後ろ姿を見て思い出したんです」

「そう」

清廉《せいれん》としたその、後ろ姿を。涙雨だと皆が囁《ささや》いていたやまない雨の中、傘も差さずに人々の後ろで出棺を見送ってくれた中に、聖陽の姿があった。

思い出すと、不思議とそこだけが切り抜かれた風景のようにはっきりと浮かぶ。

「あなたは本当に血の繋《つな》がった、俺の兄なんですか」

「…。アルバム、まだある？」

聖陽に問われ、和喜は首を振る。

「何年か前に二階で漏水《ろうすい》があって、父さんが濡《ぬ》れたものを全部処分して…その中にアルバムも含まれていたから残っていません。それに父さん、あまり写真好きな人じゃなかったし」

「そう。一緒に写ってる写真が何枚か、あったはずだけど」

確かに昔のアルバムが残っていれば、聖陽が本当に兄だと確認出来たかも知れない。ないと知らされた聖陽はたいして気にした様子もなく、改めて肩から息をついた。

「まあ、ないなら仕方がない。和喜も着替えたら？　いつまでも礼服だと疲れるよ」

「あなたは？」

「いや、俺はこのまま」

どうみても室内着じゃない？　と問い返すように、聖陽は自分が羽織《はお》っていた上着を軽くつまむ。確かにコンビニくらいの距離なら許されるカジュアルな服装だ。

「いや、そうじゃなくて…」

焼香も済んだのなら帰ってくれ、と言うのも失礼な気がして和喜は口ごもった。

かといってお客様扱いでお茶を出してもてなすのも、正直躊躇《ためら》いがある。

結局どうしたらいいのか判らなくてリビングに立ちすくんでいる間に、聖陽が戻って来た。

並ぶと、やはり聖陽のほうが目線が上にある。和喜自身平均的な身長なので、自分より背の高い男はいても不思議ではないが、なんとなく気に入らない。

優しげなその顔立ちのせいだろうか。

「まあ突然やって来てお前の兄貴だと言われても、すぐに納得出来ないだろうし。ほぼ初対面の印象なら、他人と変わらないよね」

「…」

なんだ聖陽も判っているのかと安心しかけた和喜に、信じられない言葉が続いた。

「でも一緒に暮らしていけば、そのうち慣れてくると思うから」

「え？」

聞き間違えだろうか？　思わず問い返した和喜に、聖陽は繰り返す。

「一緒に暮らしていくうちに慣れるよね、って」

「誰と誰が？」

「ん」

自分と、和喜がと言うように聖陽は指で自分と弟を順に差した。

「なんで…！」

「なんでって…離れてるよりも、一緒に暮らしたほうがいいと思って。家族なんだから」

そう聞いて、和喜が真っ先に感じたのは強い拒絶《きょぜつ》だった。

「…っ、嫌だ！」

「和喜」

「あなただって言ったじゃないですか、他人と同じだって。本当に、自分の兄かも判らない人とこれから一緒になんか暮らせるな…」

「じゃあ俺から質問ね。和喜の兄だと嘘ついてこの家へ上がり込んで、何か俺にメリットあるかな。親父、凄い遺産でも遺してた？　宝くじを買うような人でもなかったでしょ？」

「それは…」

「この家だって駅から遠いし、築年数も古い。床下から温泉か石油でも出る予定があるなら違うと思うけど…念のために訊《き》くけど、そんな予定あるかな。それならむしろ出て行く…」

「それ、は…ないですけど。こんな都内の普通の住宅地で」

本当に出て行きそうな聖陽の様子に、和喜は思わずそう呼び止めてしまう。そうしてから、そのまま帰って貰えばよかったはずなのに、と内心後悔《こうかい》する。

「だよねえ」

それに対する聖陽の、どこかのんびりとした返事。

父親の遺産の整理などはこれからになるが、一緒に暮らしていた和喜の判断では聖陽の指《し》摘《てき》の通り他人が擦《す》り寄ってくるような大きな資産を遺しているとは思えない。

判っていても、和喜は素直に応じられなかった。

「急にやってきて、兄貴だって言われたって…信用出来ない。名前だって、本名かどうか」

突然ふらりと現れたこの男の名前以外、何一つ知らないのだ。

「…じゃあ、どうされたい?」

「えっ…どうって…」

聖陽に真《ま》っ直《す》ぐに見つめられながら問い返され、和喜はつい口ごもってしまう。

間近で見ても、聖陽は綺麗な顔をしている。メイクをしてウィッグ《かつら》をつけたら、顔だけなら女性にしか見えないだろう。かといって女々《めめ》しい印象は皆無だ。

「…」

和喜は、こんなふうに男で鑑賞に堪《た》えうる端正な顔を見るのは初めてだった。

まじまじと顔を見られていた聖陽が小さく目を細めて笑い、和喜は我に返る。

「困ります」

「正直だね」

和喜は一瞬躊躇《ちゅうちょ》し、だが意を決して続けた。

「すみませんが、帰ってください」

「うん、それが…出来ればそうしたいのはやまやまなんだけど…」

「？」

何だろう、と眉を寄せた和喜へ、聖陽が照れくさそうに笑いながら足元に置いていたバッグを指差す。

「実は管理人に部屋を追い出されちゃって、帰る場所がないんだ…」

「！」

「だから親父に連絡して、この家でしばらく泊めて貰おうとアテにしてた…んだけど」

「それならどこか、ホテルでも…」

「うん、そんな余裕《よゆう》があればよかったんだけどね」

即答され、和喜は言葉に詰まる。

そんな和喜へ、聖陽は幼い子供を慰めるような笑顔を向けた。

どうしてそんなふうに笑えるのか和喜は判らず、それと同時に妙な腹立たしさが募《つの》る。

「兄貴だって今は信じなくてもいいから。遠い親戚《しんせき》の居候《いそうろう》がやってきたくらいのつもりで、しばらくここに住まわせて貰えないかな。誰でも自分の家はもっとも大事な領域《テリトリー》だから、無遠慮《ぶえんりょ》に入ってきたことに抵抗あるのは判ってる。…落ち着いたら、出て行くから」

「だけど…すぐに泊められる部屋、ないですよ。和室はあの通りだし」

帰る場所がないと知ってしまうと、和喜は強固に出て行けと言い辛《づら》くなってしまう。

ふと、父親が生きていたらこんな時になんと言っただろうかという思いが過《よぎ》った。

おそらく自分の息子だから、喜んで招き入れるだろう。一時自分の生徒を住まわせていたこともあった父親だったので、離れていた血縁者であれば尚更だ。

「あぁいいよ、このソファで寝るから。じゃあそういうわけでよろしく」

聖陽は和喜の返事を待たずに、改めてソファへと腰かけて深く息をついた。

「いや、俺はまだいいって言って…」

落ち着く気でいると慌てる和喜へ、聖陽は自分の前髪を掻《か》き上げながら顔を上げた。

「大丈夫、タダで飯を食わせてくれとは言わないから。そうだ…貰った香典、リストにするんだろ？　手伝うよ」

「そんなこといいです、自分でやりますから」

「じゃあ、お茶…淹《い》れてくれないかな」

「どうして俺が」

「飲まないの？　疲れてるし、喉渇《のどかわ》いたから。それとも…キッチンを好きにしていいなら、自分で淹れてくるけど」

「…勝手にどうぞ」

半分自棄《やけ》の和喜から許可を貰った聖陽はソファから立ち上がる。投げ出すようにソファに座った聖陽だが、筋力があるのか立ち上がる時は体の重さを感じさせない軽い仕種だった。

リビングに続くキッチンへ向かった聖陽は、シンクを目の前に何かを探すようにきょろきょろ周囲を見遣《みや》ると、和喜へと振り返る。

「親父の湯飲みとお茶碗《ちゃわん》ってこれ？」

「…そうです、その揃《そろ》いの緑色の」

気遣って使わないつもりなのかと、和喜は簡単に父親の湯飲みと茶碗を教えた。自分のは紺色だし、二人分のお茶碗しかシンクには出ていない。

「ん」

手にとって和喜に確認した聖陽は、そのままシンクの中に湯飲みとお茶碗を叩《たた》きつける。

「あ…！」

和喜が止める間もなく、ガチャン、と二つがシンクの中で割れる耳障《みみざわ》りな音が響いた。

「何してるんだよ！」

聖陽の突然の行為に和喜が駆け寄ってシンクを覗《のぞ》くと、聞こえて来た音のまま食器は割れてしまっている。

「だってもう持ち主はいないんだし、割って処分しないと」

「だからって、葬儀の当日に…！　これ、誰かからの贈り物だって親父が大切に使っ…」

「贈り物なら尚更。日用品を形見分けするわけにもいかないし、他の誰かに使われることがないように割ってしまったほうがいいから。…それとも和喜が使うつもりだった？」

「いや、俺は自分のあるし…でも、そんな急にこんなこと」

動揺を隠《かく》せない聖陽は改めて和喜へ振り返る。

「もう見送ったのだし、親父のものはなるべく早く整理して目につかないほうがいい」

「なんで…どうして他人のあなたが、そんな…」

言いかけ、和喜は途中で口を閉じた。この男が本当に自分の兄で父親の息子なら、他人という言葉は使ってはいけない言葉だ。

そんな和喜へ、聖陽は少し困ったような表情を浮かべる。

「…亡くなった人のものを目にすると、嫌でもその人のことを思い出すから。強制的に見えないようにして、気持ちの整理をつけたほうがいいんだよ。そのほうが、早く悲しいのが和《やわ》らぐから。…他人同然の俺のほうが思い出が少ない分、整理しやすいんじゃないかな」

「でも…急にそんなこと言われても」

「急のほうが、まだ動揺している今のうちが一番いい。…本当なら、ここで生活していた様子があとかたもないくらい綺麗にしたいくらいなんだから」

「もしかして…それをしに、この家へ来たのかよ…ですか」

言葉遣《い》いが失礼かもしれないと、和喜は慌てて語尾《ごび》を言い直す。

「違うけど…和喜一人だと、遺品の整理は大変じゃない？」

「…っ」

遺品、という言葉が和喜の胸に小さく突き刺さる。それと同時に父親が使っていた何もかもが、もう要《い》らないものと言われたような気がして腹が立った。

「判ってる…！　判ってるけど、そんな言いかた、ないだろ！」

「…」

「あの人は、あなたの親父でもあったんだろ？　どうしてそんな他人行儀で、冷静でいられるんだよ？　親父の生徒のほうがずっと…！」

腹が立っているのは、聖陽との温度差だと和喜は言いながら気付く。

どうしてこんなに冷静で、落ち着いていられるのだろう。父親が死んで、悲しくないのだろうか。父親の生徒のほうがずっと…遺族である自分よりも、死別の悲しみを見せていた。

「子供のように泣いているだけで、周囲がどうにかしてくれるわけじゃないから。泣きわめいて泣きじゃくって、帰って来てと懇願《こんがん》しても神様に祈っても親父は生き返らない。生きている人間は、またこの現実の明日を迎えなくてはいけない。…親父がいない、明日を」

「…！」

聞こえて来た淡々とした静かな言葉が、かえって和喜の神経を逆撫《さかな》でする。

「そんなの判ってたって、悲しいものは悲しいだろ…！　大事な肉親が死んで、どうしてそんなふうに冷静でいられるのか判らないって言ってる」

「…大人、だからかな」

「じゃあそれが大人だっていうなら、俺はそんな大人にはなりたくない」

「うん、俺みたいな大人になっては駄目《だめ》だよ」

「そういう意味じゃない…！」

和喜は吐《は》き捨《す》てるようにそれだけを告げると聖陽に背を向けて、二階の自室へと駆け上がった。

バタン、と一階にも響く大きな音でドアが閉められる。

聖陽は聞こえて来た音に一瞬肩を竦《すく》め、やがて溜息《ためいき》をついた。

そしてシンクの中の、割った父親の湯飲みとお茶碗を片付け始める。

「十年以上も前に贈った誕生日プレゼントだったのに…案外物持ちいい人だな」

そして手を止め、天井を見上げると小さく続けた。

「…ごめん親父、ちょっとファーストコンタクト、失敗したかも」

聖陽はそう呟いて、ここにはもういない父親に小さく詫《わ》びた。


腹を立てながら自分の部屋へ逃げて来た和喜は、階下にいる聖陽が就寝《しゅうしん》して気配《けはい》が静かになってからシャワーを浴びるつもりでいた。

だが父親の訃報《ふほう》を受けてから殆《ほとん》ど不眠状態だったために、ちょっと休むつもりがそのまま寝入ってしまい、次に目が覚めた時には朝になっていた。

「…六時」

いつもなら朝食の仕度をする時間だ。そのつもりで起き出そうとした和喜は、椅子《いす》の背に無造作にかけられていた自分の喪服が目につき、もう父親がいないことを改めて悟る。

「もしかしてあの人、帰ったかな…」

久し振りに夢も見ないくらい、深く眠った。そのお陰で、疲れは全く残っていない。

「いや…なんか夢、見てたな」

突然兄だという男の出現が何かの刺激になったのか、昨夜見た夢は自分が小さい頃のものだった。小さい頃は臆病《おくびょう》で、泣き虫だったのを覚えている。

「…」

泣きじゃくる自分を抱き上げ、慰めてくれた人がいた。

母親…ではなかったはずだ。優しい母親だったが自分を抱っこしてくれた憶えがない。むしろ憶えているのは、ピアノだろう。

「…駄目だ、もう思い出せない」

目が覚める直前まではっきり判るくらい夢を見ていたのに、起きてしまうとまるで砂に書いた文字が波に飲まれるように崩れて判らなくなってしまう。

ただとても心地好《ここちよ》い夢だった、それだけは残っている。

「ピアノって…」

和喜はベッドから離れると、階下に向かう。

リビングの端にひっそりと置かれているアップライトのピアノがある。

ピアノは、音楽教師をしていた母親のものだ。離婚の時に置いて家を出ているので、今ではカバーがかけられたまま棚代わりにされている。

小さい頃、よく弾いて聴かせてくれていた…ように思う。

父親はピアノは全く弾けないし和喜も触らないままでいたので、音も狂っているはずだ。

「…いた」

階下に下りると、リビングのソファで聖陽が丸くなって眠っていた。

毛布もかけずに長い手足を狭《せま》そうに縮《ちぢ》こまらせて寝ている姿に、和喜の良心が痛む。

それと同時に、自分が寝ている間帰らずにいてくれたことに小さく安堵《あんど》していた。

本当に着の身着のままで来たのか、服装は昨夜のままだ。

起こさないようにソファの後ろを通り過ぎた和喜は、和室の押し入れから一番手前の肌掛《はだが》けを引っ張り出して聖陽にかけてやろうとする。

「…ん」

だが肌掛けが体に触れたその気配で、聖陽が目を覚ましてしまった。

「あれ…御免、肌掛けかけてくれたんだ。ありがとう」

眠そうな聖陽の声は、和喜やこの家に対して無防備《むぼうび》なのが判る。

だからおはようと言うつもりだったのに、つい棘《とげ》のある言葉が先に出てしまった。

「押し入れくらい判るだろ。寒いんだったら、今度は自分で押し入れから出して使えば」

「今度は、ってことはここで暮らすの許してくれるんだ？」

嬉しそうな聖陽の表情に、意地っ張りな和喜は余計なことを返してしまう。

「許してない、けど。親父の葬式まで来てくれたのに、無一文《むいちもん》だと判って追い出すわけにもいかないだろ。それに、見ず知らずの他人を泊めるのはこれが初めてじゃないし」

「見ず知らずの他人、ね…」

その言葉に聖陽の横顔がどこか傷ついたように見えて、和喜は後ろめたさに逃げるように窓へ向かうと雨戸《あまど》を開けていく。

窓を開けると昨日の雨とは打って変わって、爽やかな朝だった。まだ朝早いので少し肌寒《はだざむ》さはあるが、むしろそれが心地好い。これから暑くなる季節の前兆《ぜんちょう》のような気温だ。

「和喜は大学行ってるんだよな。公立？　私立？」

寝起きには寒かったのか、聖陽は肌掛けを肩に羽織《はお》りながら体を起こす。昨夜は何時まで起きていたのか、まだ随分《ずいぶん》眠そうだ。

「…公立、だけど」

それがどうしたのだろうと、全部の窓を開放した和喜は聖陽の問いに振り返った。

「大学の学費、どうしてる？　前期の分、払った？」

「大学は、一年分前納」

「そうか。…夏休みはもう少し先だろうし、授業はまだあるんだろ？　葬儀は終わったし、家にいてもやることないんだから今日から大学行って講義《こうぎ》受けてきなよ」

「あなたは」

「お兄ちゃん」

「…」

自分を指差す聖陽へ、兄と言いたくない和喜は不機嫌そうに口を閉じる。

そんな和喜の姿を見て先に妥協《だきょう》したのは、聖陽のほうだった。

「うーん…じゃあ、お兄ちゃんって言いにくいなら、聖陽でも」

「聖陽、さんは？」

「俺？　俺は家にいるよ。留守番してる」

「仕事は？　会社とか行かないのかよ」

自分の兄貴なら成人している、年齢的にも働いていてもおかしくないだろう。

「会社には勤めてないよ。ネクタイ締めて働いてるようなサラリーマンに…見える？」

昨日と同じ格好《かっこう》のままの聖陽はそう言って両手を広げた。

前髪は少し長いくらいで、襟足もすっきりと整えられている。それなのに言われてみると、聖陽は確かにサラリーマンの印象がない。昨日彼の礼服を見ているから、スーツ姿が似合わないとも思えないのだが。

「見えないですけど。お金ないなら、外出て働いたほうがいいんじゃないですか」

だから正直にそう告げた和喜に、聖陽は何故か曖昧《あいまい》な笑顔を浮かべながら頷く。

「うーん…そうくるか。まあそうか…あ、そうだ忘れてた『おはよう』和喜。朝のお茶だけはもう淹れたんだけど」

「…おはよう」

「誰かに朝からそう言えるの、なんか嬉しいね」

それは和喜に話しかけたとも違う、小さな聖陽の呟きだった。

「一人暮らしでもしていたんですか」

「えっ、俺に興味あるの？」

途端嬉しそうな表情を浮かべた聖陽に、和喜は押し売りを断るように手のひらを見せる。

「違います、けど。仕事をしていないなら、どんな生活していたのかと思っただけです」

興味がないと言えば嘘だが、感覚としてはそれ以前に聖陽のことを殆ど知らないからだ。兄だという、彼のことを和喜は何一つ知らない…父親から知らされていなかった。

聖陽が今までどんな暮らしをしていたのか、どんな人物なのか。

「あ、そういう意味ですか…なるほど。友人に経営マンがいて、そいつの手伝いをしたりとかしていたんだよ。他に俺について知りたいこと、ない？」

呟くような囁《ささや》くような…少しゆっくり語りかける聖陽の声は、成人男性にしては柔らかな音域《トーン》で酷《ひど》く耳に心地好い。勿論《もちろん》、相手の顔色を伺うような阿《おもね》る声音《こわね》ではない。

そして話し相手になってくれるのが嬉しいと伝わってくるような聖陽の表情に、和喜のほうが落ち着かない気持ちになった。

「別に…あ」

照れ隠しに視線をさまよわせた和喜の目に、リビングの端のピアノが目に止まる。

「もしかして…ピアノ、弾けたりする？」

「弾けるよ。聴きたい？」

さっきよりも表情を明るくした聖陽の反応に引っかかりを感じながらも、和喜はきっぱりと手を振る。何故自分が彼の表情に反応するのか、和喜自身判らない。

「いや、いい。こんな朝からピアノの音を響かせたら近所迷惑《めいわく》だし、別に聴きたいワケじゃないから」

「それならどうして俺がピアノを弾ける？　なんて訊《き》くの」

「どうしてって…夢で」

「夢？」

「小さい頃の夢、だと思う。誰かが、俺にピアノを弾いて聴かせてくれていた夢を見た」

「あぁそれ母さんじゃないかな。…ところで和喜、俺お腹空《なか》いたんだけど」

聖陽から出たのは以前から一緒に暮らしている家族が、ごく普通に使う言葉だった。

だから言われた和喜のほうが、驚いてしまう。

「！　冷蔵庫にあるの、何でも勝手に食べればいいだろう？」

「いや、冷蔵庫は一応開けたんだけど…すぐに食べられるのがない」

「聖陽さん、料理出来ないのかよ」

「…」

呆《あき》れた和喜の言葉に、聖陽は困ったように笑うばかりだ。

「…俺だって別に得意なワケじゃないんだけど」

「でも家のことは、和喜がやってたんだよね？」

「親父は家事全般《かじぜんぱん》全く出来ない人だったし、仕方《しかた》なくだよ。必要に迫《せま》られて…」

「仕方なくでも、やっていたのは充分凄《すご》いと思う。…偉《えら》いな」

「…ふん」

褒められた和喜は照れ隠しにわざと聞こえるように溜息をついてから、二人分の朝食を作るために腕まくりをしながらキッチンへ向かった。


結局自分で作った朝食を一緒に食べてから、和喜は聖陽に促《うなが》されて大学へ顔を出した。もしかして必要かも知れないからと、香典返しとして用意した返礼用のカタログギフトも何冊か一緒に持たされている。

「あれ？　片桐君？」

講義室の後ろ寄りに座った和喜に気がついた吉岡《よしおか》が、驚いた表情で近付いてきた。同じ中学出身の吉岡とは学部も同じことから、気軽に話が出来る女子の一人だ。

「吉岡」

「お葬式、昨日だったんでしょ？　もう大学へ来てもいいの？」

「家にいても、やることないし。訪《たず》ねて来る親戚もいないから」

「そうなんだ。あ、ええと…お父さんのこと、お悔《く》やみ申し上げます」

そう言って和喜の横に立つ吉岡が頭を下げると、彼女の長い髪が肩から流れ落ちる。

「ありがとう」

つられ、和喜も座ったまま頭を下げた。

「片桐君、お父さんと二人きりだったんだよね？　これから寂しくなるね…」

「あぁ…まあ。でも親父も仕事人間だったから、あんまり『いない』って実感ないよ」

そんな感情に浸《ひた》る前に、聖陽が現れたのだ。

だが事情を知らない吉岡は、和喜の気遣いと受けとめたらしい。

「そういうの、やっぱり男子だから？　片桐君がしっかりしてるからかも。…でも私で出来ることがあったら、何でも言ってね。片桐君のほうが家事スキル高いのは判ってるけど」

「俺の家事なんか、女子にはかなわないよ」

「そんなことないから…！　だけど本当に、言ってね。突然のことだったし…亡くなった片桐君のお父さんも、残念だったと思う。片桐君、これで大学辞めたりしないよね？」

父親を偲《しの》んでくれる吉岡の言葉に、和喜自身もなんだかしんみりとした気分になる。

「辞めないよ。少なくとも今年の授業料は納めているし、多くはないけど保険金も出るって聞いているから大学は卒業出来ると思う。卒業するまではそれでどうにかするつもりだし」

「そっか、それならいいんだ。よかった」

吉岡は独り言のように呟くと、ほっと安心したように肩から息をつく。

「心配かけて悪い」

謝《あやま》る和喜へ吉岡は首を振った。

「ううん、心配は…してたけど気にしないで。突然のことだったし…片桐君のこと心配してた女子、多いんだよ」

「そうなのか?」

そう言った吉岡も可愛《かわい》いと評判で、同じ学部内の男子学生の間でも時々話にのぼる。好きな人がいるからと告白を断って、特定の恋人もいないという噂《うわさ》だった。

「うん。片桐君、モテるし。…もしよければ今度家に、行くよ?」

遠慮がちな吉岡の申し出に頷きかけ、和喜は首を振る。

「…いや、気持ちだけで。ありがとう」

今家には聖陽がいて、一人ではない。吉岡に兄だと紹介するのも面倒だし、それ以上に訪れた彼女をただの友人だと聖陽に説明することに抵抗があった。

それと同時に和喜は、妙に自分が聖陽を意識していることに気付く。

「…」

いや、意識しないほうが変だろう。自分にそう言い聞かせてみるが、和喜はなんだかすっきりしない。

「…そうか」

和喜をいたわる吉岡を目の前にしていると、何故家で聖陽の態度に不快感…のような釈《しゃく》然《ぜん》としない感情を感じていたのかようやく思い至る。

聖陽は、和喜を目の前に笑っていた。自分の父親が死んだというのに。

父親を亡くした自分に対して向けられる表情は皆、吉岡のように沈んだものだ。

「あ…もしかして他にそういう子いるんだったら、ごめん…」

黙り込んでしまって会話が続かない和喜を、吉岡は自分の言葉に困らせてしまったかと気をまわして項垂《うなだ》れてしまう。

「違うよ、そういう奴はいないけど。ごめん…正直まだ、そこまで余裕がないから」

家におしかけの兄がいるからとも言えず、それと同時に聖陽の存在が吉岡の来訪をやんわりと断れる口実になったことに和喜は少しだけ安堵した。

吉岡は女子の中でも気軽に声をかけられる一人だし嫌いではないが、これまで友人以上に特別に見たことはなかったしこの先もないだろう。

たとえ遊びだとしても、自分がその気もないのに女性を安易《あんい》に家に招き入れるほど和喜は自分に都合《つごう》よく融通《ゆうずう》が利《き》く性格ではなかった。

だから以前つきあっていた彼女も、結局は自分の家にまで呼んだことは一度もない。

和喜は相手からの告白でつきあうことが多いためなのか、彼女が出来ても交際はいつも長続きしなかった。せいぜいが三ヶ月程度で、どれも和喜から交際を解消している。

「そっか。…じゃあ落ち着いたら、ちょっと考えててね」

「判った」

だから吉岡からの申し出を、和喜は好意だけ受けってやんわりと躱《かわ》した。


和喜は大学の講義が終わると、気遣う友人の誘いを断って真っ直ぐに帰宅する。

疲れていたせいもあるが、どちらかというと聖陽のことが気になったからだ。

これまで父親と二人きりだった和喜には、誰かが家で待っているという経験が殆どない。

だから客が来たのに、自分だけが承知で客をそのまま置いて家を空けてきてしまったような、そんな焦《あせ》りがあっての帰宅だった。

…聖陽から半ば強引に持たせられた香典返しのカタログは、結局過不足《かふそく》なく足りた。もし今日持って行かなければ後日お礼状を添えて配送という手間が生じていただろう。和喜は不本意ながら、いいから持って行けと勧《すす》めた聖陽に感謝せざるを得なかった。

「…」

玄関の引き戸に手をかけると、鍵が開いている。少しだけ開いた隙間から覗くと、聖陽の靴が見えた。

そのことに何故か安堵して、家の中に入るために改めて大きく開く。

引き戸につけられている真鍮製《しんちゅうせい》のベルが、澄《す》んだ音をたてて和喜の帰宅を告げた。

「和喜？」

音がリビングまで届いたのか、聖陽が廊下に顔を覗かせる。

「おかえり」

「…ただいま。玄関、開けっ放しにしてると泥棒《どろぼう》入る」

「ちょっと前まで近所の人がお線香あげに来てくれてて…最後の人が帰ったばかりだから」

出かける時にはまだバケツに入れられていた供花が、玄関に一つも残っていない。

「なあ、玄関にあった花は…」

その答えは家にあがるとすぐに判った。

「親父に手向《たむ》けられた花だから、全部祭壇近くに飾らせて貰ったんだ。そのままだとさすがに全部入りきらないから、まとめられるものは適当に一つにして」

「…」

聖陽の言葉通り、祭壇の脇《わき》に玄関にあった花が飾られていた。カラーボックスを横にして白い布を敷いた、簡易ひな壇に並べられている。まるでプロが飾ったようだ。

祭壇の供物机の上には新しい弔電と香典袋が、今日来客があったことを示すようにいくつもの菓子折《かしおり》が置かれていた。

「大学って、こんなに早く終わるんだっけ？」

「…弔問客が来るなら、俺も大学に行かないほうがよかったんじゃないのか」

「俺が家にいるんだし、学生は勉強が本分だからいいんだよ。…これ、今日来た人のリスト。お香典もそこに全部置いてあるから。…で、和喜。相談なんだけど」

「…何」

どこか切羽《せっぱ》詰まったような真剣な表情の聖陽に、もしかして香典をアテにして借金の申し出でもするのかと和喜は身構《みがま》えた。

「お腹、空いた…」

「はあ⁉ 飯は？」

「朝、和喜と一緒に食べたきり」

「なんで昼飯食べないんだよ？」

「なんでって…カップラーメンとかないし、何作っていいか判らないし」

そう言って聖陽はキッチンにある冷蔵庫を指差す。

「飯イコールカップラーメンなのか？　どんな食生活だったんだよ…」

鞄を置いた和喜は、呆れながらキッチンへ向かう。客用の湯飲みが洗われた以外は、朝食に使った食器しか出ていなかった。炊飯《すいはん》ジャーにも朝炊《た》いたご飯がそのまま残っている。

冷蔵庫を開けると、野菜を中心に食材が少なくなっていた。父親のことに追われ、買い物に出ていなかったからだ。今日の分は何か作れそうだが、買い足したほうがいいだろう。

「…飯、何か食いたいものある?」

「肉!」

「遠慮ないな…焼き肉とか、食べに行く? 近くに安くて美味《うま》い店があるから」

そのほうが作るよりも早いかも知れないと提案した和喜に、聖陽は首を振った。

「いや、家でいいよ」

「なんで?」

「うーん…外に出たくないから。それと、和喜が作ってくれるご飯が食べたい」

それで決まりというように、言うだけ言った聖陽はテレビのスイッチを入れる。

「…あっそ」

自分の作ったものが食べたいと言われてしまうと悪い気がしないのと、一瞬でも聖陽を疑ってしまった後ろめたさもあった和喜はそのまま夕食にとりかかり始める。

「そうだ。聖陽さん、新聞は?」

食材の買い出しに行くなら、折り込みチラシのチェックは不可欠だ。

「あるよ。新聞今読むの、使うの? ええと…何か、手伝う?」

「手伝い出来るのか? 朝刊に挟まってたスーパーのチラシを見たいだけだよ」

「いやあ…」

和喜に訊き返され、新聞を手にキッチンまで来ていた聖陽は苦笑いを浮かべた。

「出来ないなら言うなよ…」

「ええと…すみません」

「…」

　隣に立つと、聖陽の長身が目立つ。だが細身のせいか、威圧的で目に障る不快さではない、むしろ見慣れた…亡父の背格好に似ているのだと和喜は再確認する。

　容姿は生活環境や自分ではどうしようもないのだと判っていても、和喜は身長を含めて何一つ父親とは似ていないことを改めて見せつけられたようで少しだけ悔しい。

…だけど、聖陽が兄だと、和喜は認めたくなかった。

水を汲《く》んでいた聖陽は、つい手を止めて見つめていた和喜の目線に気付く。

「ん？」

「…いや、やっぱり父さんに似てるなって、思って。背が高いところとか」

「お兄ちゃんだって認めてくれる？」

　水を飲みながら表情を明るくする聖陽に、和喜は昨日と同じように首を振った。

「それとこれとは別」

「どう別なんだろう。…なあ、どうしたらお兄ちゃんだって信じて貰えるかな」

「だって知らないし。少なくとも聖陽さんの名前だって、本名かどうか俺には確認しようがないですから」

考えてみると、聖陽は自分自身を証明するものを何も和喜に見せていない。

「免許証見せてもいいけど俺が誰なのか証明するだけで、親父の子かどうかの証明にはならないし。こんなことになるなら、親父が生きている間に会いにくればよかったなあ」

そういえば昨夜、籍が変わって苗字が違うと言っていた。

「でも、遠かったんだろ。…遠かったら来るのに躊躇するレベルだったたってことだろ」

嫌味を言うつもりではなかったのだがついそんな言葉が滑り出てしまい、和喜は自己嫌悪《じこけんお》に小さく唇を嚙《か》んだ。

「大きくなったら、もっと自由に会えると思ったんだ。それ以前に、親父が一言も俺の話を和喜に話してなかったことのほうがダメージが…」

「…」

それは和喜の知りたい答えではない。だから和喜は無言のまま夕食の仕度を進める。

自分を兄だと口にする割には、聖陽は積極的にその証明をしようとしない。

「…これから手続きとかで、嫌でも判ると思うよ。少なくとも、俺がお兄ちゃんなのは」

「手続き？　って？」

「この家の名義のこととか預貯金の解約とか、公共料金の支払いとか…細々とした親父名義のものは整理しないと。生命保険も入っていただろうから、その請求も」

「あ…そうか」

父親を送り出すことで頭がいっぱいで、その先のことまでまだ考えが及ばなかった。死亡届を提出すればおしまい、というわけではないのだ。

「その中でも相続の手続きに、俺の公的証書は必要になるから否《いや》が応《おう》でも俺が兄だと…そういう手続き、もう誰かに頼んだ？　自力で出来なくはないけど、司法書士に頼んでしまったほうが面倒がなくていいと思う」

「え、自分でも出来るなら…」

自分でやると言いかけた和喜に、聖陽は困ったように笑いながら自分を指差す。

「戸籍外《こせきがい》に子供がいたりすると、手続きが普通よりも面倒になるよ。司法書士に頼んでも自分でやらなきゃいけないことも多いし、専門知識がないとミスなく書くのは大変だと思う」

「そういうものなのか？」

「うん。それで…提案なんだけど、もしよければ俺の知りあいに司法書士がいるから、その人にお願いしない？　信用出来る人だし。和喜次第だけど」

「いや、俺は別に。知りあいに頼めるならそれで。でも、司法書士に依頼するほどの遺産なんか、父さんは残してないはずだけど。せいぜいがこの土地と家くらいで」

「そういうのも全部調べてくれるから。一応先に言っておくけど、俺は遺産の相続は放棄《ほうき》するから。親父が遺した有益なものは全部、和喜のものにしてかまわないからね」

「え…なんで？」

驚きを隠せない和喜の声は、相続放棄は意外だと饒舌《じょうぜつ》に聖陽に伝えてしまう。

「もしかして俺が、親父の遺産目当てで来たとでも思った？」

「いや、そうじゃない…けど」

半分は本当だ。そうでなければ、親戚づきあいもないまま大黒柱《だいこくばしら》を失ったこの家に身内《みうち》だと名乗りを上げて寄ってくる必要はない。もし自分だったら、近付かないだろう。

これまで会わなくても、平気でいられた身内なのだ。正直、今更感は拭《ぬぐ》えない。

おまけに聖陽は失業中で家を追い出され、金もない状態だ。金額の大小にかかわらず、貰えるものがあると知れば欲しいと思うのが普通じゃないだろうか。

和喜はそんなふうに考えてしまう自分のほうが浅ましく感じ、内心恥じ入った。

さまざまな手続きの必要は頭で判っていても、朝の香典返しのように聖陽の今の助言がなかったら司法書士に相続手続きの依頼をすると考えも及ばなかったし、それ以前に…。

それ以前に和喜は身内に話が出来る、相談出来る相手がいるのといないのとでは安心感が全く違うことを改めて感じていた。

葬儀の時は父親の同僚が親身になってくれていたし、失敗がないように段取りよくやらなければいけないことが次から次へとあったので、考える余裕もなかったことは確かだが。

そんな和喜の思考を遮《さえぎ》るように、聖陽が控えめな声で呟く。

「…欲しいのは、あったんだけど」

「何…」

聖陽は顔を上げた和喜をじっと見つめ、それから何でもないと小さく首を振った。

「まあ、俺のことはいいから」

「でも、欲しかったんだろう？　俺は父さんの遺品で特に欲しいものなんかないし、要《い》るなら持っていけば」

和喜の言葉に、聖陽は改めて首を振る。

「親父の遺品じゃないし、欲しいって言ってはいどうぞって貰えるものでもないんだよ」

「ふーん…」

品物でなければ家族としての、父親との思い出とかだろうか。

和喜はこの時の聖陽の言葉を、そう解釈した。


直接のきっかけは、ささやかなことだった。

聖陽と一緒に暮らし始めてみると、特筆《とくひつ》するほど和喜の生活で変わったことはなかった。

むしろ驚くくらい、以前の生活と比べて大きな変化がない。あるとすれば一緒に暮らす相手が変わったこと、ぐらいだろうか。

聖陽は朝が遅く、七時半には大学のために家を出なければならない和喜が起きて来る時間より先に起きていたことはまずない。

ただ何故か、いつも朝のお茶だけは淹れてから二度寝している。必ずテーブルに聖陽が唯《ゆい》一《いっ》持参したマグカップと和喜の湯飲みに、まだあたたかい一番茶が出されていた。

お茶を淹れるならそのまま起きていればいいのにと和喜は思うのだが、そういうものでもないらしい。そして朝食を作り終えた和喜に起こされるまで、ソファで寝息《ねいき》をたてている。

朝食を一緒にとり、和喜は大学へ行く。聖陽はそれを送り出す。

だから聖陽が家にいる間、どう過ごしているのかは和喜には判らない。

聖陽のために、和喜は翌日からお弁当も作り出した。以前は父親のために作っていたから苦ではないし、ついでに自分の分も作っている。

和喜が大学の授業を終えて帰ってくると、聖陽はいつもテレビを観ていた。

そして夕食を食べて、なんとなくぼんやりと一緒にテレビを観る。その間に話すことと言えば弔問客があればその連絡くらいで、特に会話らしい会話はない。

聖陽は積極的に話しかけてはこないし、和喜も何を話しかけたらいいのか判らなかった。

先に和喜が入浴し、入れ違いに聖陽が入る頃には就寝時間になり二階へ上がる。

聖陽との生活は、父親が生きていた頃と殆ど変わらなかった。以前なら父親は晩酌《ばんしゃく》をしていたくらいだろうか。いや、もう少し日常的な会話はあったように思う。

…聖陽は、和喜の部屋がある二階には、けして上がって来ることはなかった。和喜が二階へ来るのを拒《こば》んだわけではないが、用がある時は聖陽は下から声をかけて呼ぶ。

だから和喜も二階へ上がってしまうと、朝まで階下へ下りないようになっていた。

この家の作りは部屋はリビングダイニングと六畳の和室にキッチン、そして浴室とトイレなどの水まわりがあり、二階に洋間三部屋とトイレがある。真ん中が納戸代わりの空き部屋で奥が父親の書斎兼寝室、洗濯物が干せるバルコニーがある部屋を和喜が使っていた。

屋根のある屋外ガレージもあるが、数年前に父親が車を手放して今は使われていない。

夜の遅い聖陽が下でどうやって過ごしているのか気にならないわけではなかったが、興《きょう》味本位《みほんい》で覗いてはいけないような他人行儀に近い遠慮と、自分が行かないことで階下を好きに使えるのではないかという和喜なりの配慮《はいりょ》もあった。

だから兄弟で同居を始めたと言うよりは、聖陽が自分で言ったように居候との生活のようだ。和喜がやや人見知りする性格もあって、お互いに距離を置いたまま歩み寄り出来ない。

父親の荷物を整理しなければとも思うが、聖陽の手前それも何故か憚《はばか》られた。

いつまでも聖陽がいるわけではないし、それまでの間だと和喜はそう自分に納得させる。

聖陽は自分と一緒に暮らしてくれるために、ここへ越して来たわけではないのだ。

遺品の整理もこれからの生活のことも、彼が出ていった後自分の生活ペースに戻してからゆっくり考えればいい。

それが突然現れた聖陽に対する、自分をやっと納得させた和喜の妥協点《だきょうてん》だった。

今日は和喜が大学へ行かない、聖陽と初めて過ごす週末。

朝食を済ませた和喜は、ダイニングテーブルで週末の日課である新聞の折り込みチラシをチェックしていた。

「チラシ見るの、愉《たの》しい？」

定位置のソファでテレビを観ながらの聖陽の問いに、和喜もテーブルいっぱいに広げていたチラシから顔を上げずに頷く。聖陽が自分から話しかけてくるのは珍しい。

「愉しいよ。このあたりは住宅街でスーパーも多くて競合《きょうごう》してるから、いい品を安く出してるし。同じ商品を徒歩圏内《とほけんない》で安く買えたりするのは、ゲームの攻略してるのと同じ」

「確かにゲーム感覚だと面白いかもね。そういえば駅前で看板を見たけど、駅向こうにも新しいスーパー出来るみたいだよね。もうオープンするのかな」

和喜が顔を上げると、聖陽はソファの上で膝《ひざ》を抱えたままテレビから目を離さない。

聖陽が自分を見ていないことに安心して、和喜も再びチラシに視線を戻した。

「駅向こうのスーパーは、再来週にオープン予定」

整っているとは言え人懐こそうな優しい顔立ちなのに、聖陽に見つめられるとどうも緊張してしまう。まだ慣れなくて落ち着かないのだろうか。

「…詳しい」

「いつもチェックしてるし。これでも食事当番歴、長いんで」

「凄いね」

「…」

さらりと告げられた相槌《あいづち》だったが、聖陽が自分を褒めてくれたのが伝わってくる。たったそれだけのことなのに和喜はこれまでに感じたことがない、足元から泡立つような痺《しび》れを覚えた。

だがすぐに年上の同性にあまり褒められ慣れしていないせいだと判断した和喜は、乱暴にチラシを折りたたんで立ち上がる。

今日はこの連日ずっと雨が続いていた、束の間の好天気だった。午後からは崩れると言われているが、午前中であれば洗濯物が干せそうだ。

せっかくだから大物シーツ類も洗ってしまいたい、そう思いながら和喜はテレビを観ている聖陽へと声をかけた。

「聖陽さん、洗濯物があれば一緒に洗うから出して」

「んー…ありがとう。大丈夫」

テレビから目を離さないままの聖陽から帰ってきたのは、そんな生返事。

「天気いいし」

「そうだね」

「…よければ、その着ているジャージも洗うけど」

聖陽がこの家に着てから、彼はずっと同じ格好だ。家の中にいるだけだからそう汚れないにしても、綺麗好きの和喜には気になってしまう。

「大丈夫、俺のことはいいから自分のお洗濯しなよ」

「…あっそ」

協力してくれる気はないらしい聖陽の様子に、小さな苛立ちを感じながらも和喜は洗濯をするために脱衣所へ向かう。

好意で声をかけたのに拒まれ、和喜は面白くない。

「俺に洗濯して欲しくないなら、それでもいいけど！　いつまで同じ服着てるつもりだよ」

和喜はふと思い至り、脱衣カゴにひとまとめにしていた洗濯物を見る。

あるのは全て自分のものと、使ったリネン類ばかりだ。やはり聖陽のものはない。

「もしかしてあの人、下着も着っぱなし…なのか？」

和喜がいない昼間のうちに、自分の分を洗濯している可能性もある。

「いやそれはちょっと不経済だろ」

ワイシャツ類はクリーニングに出していたこともあって、父親と二人で暮らしていた時も毎日洗濯が必要なほどではなかった。だから週末にこうしてまとめて洗濯をするのだが、頻繁に着替えている様子のない聖陽の洗濯物だけでは効率が悪い。

それはそれで、和喜は気分が悪かった。ほぼ初対面同然とはいえ、同じ男だ。肉親の洗濯物くらい一緒に洗える、別に嫌なわけでもない。遠慮されるのはかえって不快だった。

「いくら管理人に追い出されたからって…普通自分の着替えくらい、持ってくるよなぁ」

考えれば考えるほど、これまでの聖陽の生活が判らなかった。

「着替えがこれまでの生活を伺わせるようなもので、俺に知られたくない？　とか？　…まあ、いいけどさ」

和喜はそう、自分に言い聞かせるように呟く。

「あ、そうだ」

全自動の洗濯機に洗い物をセットしてから、和喜は聖陽の所へ向かう。

「聖陽さん、洗濯が終わってから食料の買い出しに行ってくるけど」

「荷物持ちに一緒に行こうか？」

「そ…」

実はそう思っての誘いだ。だが和喜が頷くより先に、インターフォンが来客を告げる。

「はい」

和喜より近くにいた聖陽がインターフォンに出ると、玄関の防犯モニター越しに見えたのは花束を抱えた制服姿の三人の高校生だった。

「誰？」

「生徒さんだって。親父にお線香あげに来てくれたみたい」

簡単にそう説明した聖陽が、玄関に向かう。

「日曜日に突然お邪魔《じゃま》して、すみません。私達、在学中片桐先生に担任してもらった卒業生なんです。先生が亡くなられたと聞いたので、お線香をあげさせてください」

「わざわざどうもありがとうございます。どうぞ上がってください」

緊張した口調でそう告げた花束を抱えた女子高生に、聖陽は笑顔で中へと促した。

「…」

聖陽の見せた笑顔に、訪れた女子高生達が見惚《みと》れてしまう様子が手に取るように判る。

…口が裂けても言えないが、和喜も初めて聖陽を見た時に同じ気持ちだったからだ。

弔問に来たはずの女子生徒達は、部屋に通されながら聖陽を見ては何か話している。その様子はどこか浮き足立っていて、当の聖陽は気付いているのか和喜には判らない。

「先生ぇ…」

だがそれぞれが祭壇に線香を上げると、少女達の間からすすり泣きが漏れ聞こえてきた。

嗚咽《おえつ》を堪《こら》える少女の髪を、聖陽が慰めるために優しく撫《な》でる。

「…」

あぁ、まただ。和喜が葬儀の時に感じていた疎外感《そがいかん》。自分だけの父親ではない、寂しさ。

だが聖陽は自分と同じ立場のはずなのに、彼女達と同じ空間を共有している。

「泣きやんだかな？」

聖陽に髪を撫でられ、驚いた少女が泣きやむとすぐに頬《ほお》を赤らめながら俯《うつむ》く。

「はい、大丈夫です。すみません…」

すぐに和《なご》やかな笑い声が聞こえ始めたリビングにいられなくなり、和喜は接客を聖陽に丸投げして二階へと上がってしまった。

胸の奥がじり…と小さく灼《や》けるような痛みを感じる。

生徒達は出されたジュースを飲み終えてから帰って行き、対応していた聖陽が見送って戻って来た頃には和喜も洗濯物を二階で干し終えていた。

「ごめん、お待たせ。お買い物行くんだよね？」

二階から空《から》のカゴを抱えて戻って来た和喜に、聖陽は柔らかな笑顔でそう訊《たず》ねてくる。

その笑顔に、和喜はわけの判らない苛立ちを再び感じた。

「買い物、俺一人で行ってくる」

「え？　でも…」

「さっきみたいにまた、弔問に来る人がいるかも知れないだろ。俺一人で大丈夫だから」

「…在宅の確認は来ていないから、家を空けても大丈夫だと思うけど」

残念そうな聖陽の様子も、今の和喜には腹立たしさが募るばかりだ。

ほぼ初対面の客にも、聖陽は自分に向けた笑顔と同じ表情を向ける。そして色々な話をして、その場の空気を和やかなものに出来るのに。

自分にも笑顔を向けるが、あんなふうに聖陽から話しかけられたことはない。

…聖陽の笑顔は、自分にだけ向けられるものではないのだ。

「…」

和喜は聖陽に返事をしないで、そのまま出かけてしまった。


和喜が抱えた腹立たしい気持ちは、買い物から帰って来る頃になっても収まらない。

聖陽と一緒に出かけるつもりだったのに、それもかなわなかった。出かけて、少しでも聖陽と歩み寄ろうと自分から思ったのに。

嫌なことは続くのか買い物を終えて家に到着する前に雨になってしまい、傘を忘れて戻ってきた和喜は濡れて帰宅した。

「そうだ、洗濯物…！」

和喜は買った物をダイニングテーブルに置いて二階へと急ぐ。だがバルコニーに干していたはずの洗濯物は、なくなっている。どうやら聖陽が取り込んでおいてくれたらしい。

「うわ…散らかったこの部屋、あの人に見られたのか」

見られて困るようなものはないが、自分の部屋なので好き勝手に散らかっている。誰かが部屋に入ってくる前提ではないので脱ぎ散らかしたままの服や、コンビニで買ってきたスナック菓子がいつも読んでいる週刊マンガ雑誌と一緒に雑然と置かれたままだ。

その様子を聖陽に見られたと思うとなんとなく恥ずかしくなり、和喜は表紙が見えていた雑誌を机の上でひっくり返して伏せてから再び一階へ戻った。

「聖陽さ…」

いつもいるソファに聖陽の姿はなく、代わりに取り込んだ洗濯物が広げられている。だがそのうちの半分が濡れていて、もう一度洗濯したほうがよさそうだった。

「和喜?」

どこに行ったのだろうとリビングを出た和喜は、物音を聞きつけて脱衣所から出て来た聖陽と鉢合わせになった。

「…!」

「とと」

出て来た勢いでぶつかりそうになった和喜を、聖陽は片腕でやんわりと受け流す。

シャワーを浴びたばかりの聖陽は頭にタオルを被《かぶ》り、ルームパンツを穿《は》いただけの上半身

たらタイプだっするタイプだったら

は裸の格好だった。和喜が普段の見た目から想像していた以上に着痩《きや》せするタイプだったらしく、衣服を着ていない上半身はシェイプされ、無駄な贅肉《ぜいにく》もついていない。かといって筋肉質とも違う、成人男性らしい禁欲的《ストイック》な張りと艶《つや》がある。

痩せているのは知っていたが家にいることが殆どなので、もっと貧弱な体型をしているのかと思った和喜には驚きだった。

「…っ」

聖陽の半裸《はんら》姿が妙に扇情的《せんじょうてき》に見えて、和喜は自分に驚きと焦《あせ》りを感じてしまう。これまで同性に対して性的《セクシャル》な興味がわいたことなど一度もない。なのに兄である聖陽の裸をちょっと見ただけで、どうしてこんなに意識してしまうのだろう。

そんな内心の狼狽《うろた》えが聖陽にも気付かれてしまうのではと思うと、ますます焦りが募る。

やっぱり、この頃の自分はどこかおかしい。

「おかえり。先にシャワーを借りて…和喜?」

同じ男だと判っているのに、正視出来ない和喜は聖陽から自分の体を離しながら目線を落とす。その時、彼がもう一方の手に持っていたものに気付いた。

「もしかして、それ…着てた服?」

指差され、聖陽は手にしていた濡れて絞られた洗濯物を軽く持ち上げる。

「あー…ええと、うん」

「シャワー中に洗ったの？」

「…」

和喜の声が一瞬で固くなった理由が判るから、聖陽は返事をしない。

「なんで？　俺、買い物行く前に洗濯物出してって言ったよね？」

「訊いて貰った時は、大丈夫だったんだ。雨が降って来て…」

「…もしかして、いつもそうやって風呂入る度に自分の分、洗濯してたのか？」

「うん」

「なんで…？」

半分呆然《ぼうぜん》と訊き返したのは、無意識に和喜の唇から滑り出た言葉だった。

「なんでって…下着くらいなら、自分で洗うよ。風呂で体洗うついでに出来るし」

それは聖陽の気遣いなり、遠慮なのだと和喜にも判る。だけど、今はそれが聖陽と距離を置かれていることをつきつけられたようで、寂しさが怒りへと変わってしまう。

「俺に洗濯されるの、そんなに嫌？」

「違う」

「だから俺が留守の間に、風呂に入っておこうと急いだのか？」

「違うよ、風呂は…洗濯物、取り込むのが間に合わなくて、半分洗い直しになると思う。和喜が出かけてすぐにお客さんが来て、雨が降ってても洗濯物が取り込めなかったんだ」

聖陽がすまなそうにそう詫びたのも、癇《かん》に障《さわ》った。

「ちょっと洗濯物を取り込んでくるからって、お客さんに断ればよかったんじゃないの」

「うーん、そうなんだけど…」

和喜が留守の時に訪れた弔問客が、たまたま近所でも評判になるほど家の中を覗きたがる主婦だったために目を離すわけにいかなかったのだと聖陽は話さなかった。

「洗濯物も…せっかく洗ったのに」

「御免…あ、お風呂は洗っておいたよ」

「ふーん…風呂は洗えても、洗濯物は取り込めないんだ」

和喜は聖陽に嫌味を言ってしまう自分が、不快だった。とても気分が悪い。

判っているのに、聖陽に対してどうしてそんな言葉しか出ないのだろう。

「御免ね」

そして聖陽は、そんな和喜に謝るのだ。こうやって。

「！　悪いのは、聖陽さんじゃないだろ…！　来客があって、駄目だったんだろ？　ならそれでいいじゃん。どうして謝るの？　自分が悪いと思うから、謝るのか？」

「…」

「それとも、俺が機嫌が悪そうだから謝っとけば収まるから、とでも思ってのこと？」

「…違うよ」

「どう違うんだよ？　雨が降ったら洗濯物取り込んでおいてくれって、言わなかったのは俺だけど！　あなたに手際の悪さを押しつけたって思わないもの？」

「別に押しつけられたつもりはないよ。謝ったのは、やっぱり家にいた俺がちゃんとそういうのに行き届かなかったから、悪いことしたなあって思ったからで…」

「だから！　悪いって思ったんだろ？　それって違くない？」

自分が聖陽に対して、癇癪《かんしゃく》を起こしているのが判る。むしろほぼ八つ当たりだ。判っているのに、その苛立ちは和喜にいつもあるはずの理性の抑止《ブレーキ》を全く受け付けなかった。

夏の訪れを前に外はじめじめと雨が降っていて気分が悪いし、雨で窓が閉められているのでリビングにまで弔問客があげた線香の匂《にお》いがまだ少し残っている。

「違うよ、和喜」

聖陽がおっとりとした口調で、諭《さと》すように同じ言葉を繰り返す。

こうして不機嫌も露《あら》わな和喜に対しても、聖陽は困ったような表情を浮かべるだけで気を悪くする様子もない。…自分では、怒りの対象にすらならないのか。

「違くないだろ？　なんで俺一人でこんなふうに腹立ててるわけ？　俺が相手では、腹も立たない？　ガキが絡《から》んで何か言ってるなーとしか？」

「違うよ、そうじゃない」

それでも聖陽の態度は変わらない、自分の感情を荒げることなく機嫌の悪い和喜を鷹揚《おうよう》に受けとめようとしているのが判る。

「兄弟なら、今みたいに理不尽《りふじん》なことで責められたら普通腹立てるだろ⁉　なんで俺ばっかりイラついてないといけないんだよ。俺、聖陽さんにとってヤな人でしかなくなってる」

「和喜はヤな人なんかじゃない、だから不快にも感じないんだ」

違う、自分の言葉に否定して欲しいわけじゃない。

だからもう一度和喜は首を振った。

「だからそうやって笑っているのか？　いつもいつも」

「え？」

「聖陽さん、ここに来てからいつもそうやって笑ってるじゃないか。実の親父が死んでんのに、親父が死んで悲しくないのかよ⁉」

「和喜」

「そうやってへらへら笑ってやり過ごすつもりならいいよ、話にもならないなら、いなくなってくれたほうがずっといい。もう顔、見たくない。…着替えてくる」

和喜は吐き捨てるように告げると、買ってきたばかりの食材もそのままにして二階へ上がってしまった。

聖陽から逃げたのだ。

そして聖陽は、和喜を追って来ることはしなかった。

腹を立てていた和喜は二階の自分の部屋で、聖陽が出て行く玄関のドアの音も聞こえていたがなんとも思わなかったし、この時は引き留めようとも思わなかった。

聖陽と顔を合わせたくなかったから、むしろしばらくいてくれないほうがいいとすら考えていたからだ。

家の中が静かになってからしばらくして、和喜はテーブルの上に置きっぱなしにしてきた今日の買い物のことを思い出して一階へ下りていくと聖陽の姿は見えない。

買ってきていた食材は、全て片付けられていた。

「いない」

見ると、いつもソファの下に置かれていた聖陽の荷物もなくなっている。

「出て行った…のか？」

聖陽の姿がなかったことで、今の和喜にはむしろ安堵さえあった。

父親の葬儀の日からここへ上がり込んで、頼みもしないのに兄貴面で暮らし始めたくせに妙に遠慮をしていて、そしてどこか他人行儀だった。

「…なんで俺、こんなに腹立ってるんだ？」

自問自答《じもんじとう》したところで、答えが出ないことは和喜自身も判っている。

ただ強く感じたのは、聖陽と自分との距離だ。聖陽が言葉にしていたよりも、もっと距離があったことに和喜は気付き、裏切られたような気持ちが腹立たしさを持続《じぞく》させている。

こんな時はどうしたらいいのか、ほぼ一人っ子として育った和喜には判らなかった。

誰もいないリビングにいられなくなった和喜は、再び二階へ戻って布団の中に潜り込む。

『御免』

聖陽にそう言って貰えたら、この腹立ちもすぐに収まるはずだ。なのに聖陽は部屋に来てくれることはなく、自分に何も言わずに黙って出て行ってしまった。

自分の気持ちを察してくれない聖陽に、和喜は八つ当たりをすることでしか自分の気持ちを整理出来ないでいる。まるで子供だ。自覚があるから、さらに自分が腹立たしい。

「なんで俺がこんな気持ちにならなきゃいけないんだよ…」

…夜になり、普段殆ど使わない固定電話が何度か鳴っていた。

電話の相手は聖陽かも知れない。そう思っても、和喜はベッドに潜ったまま居留守を決め込んでその電話に出ようとしなかった。

自分が意地を張っているのは判っている。自分《和喜》の携帯宛ではなく、わざと固定電話にかけてくるのもなんだか悔しくて、そんな感情に負けて出たくなかったからだ。

「家電にかけてくるなんて、俺宛の連絡じゃないって言ってるようなものだろ」

それに万が一聖陽じゃなくて別の人間だったら、もっと気落ちするだけだ。

だから意地でも出てやるものかと、和喜は更《さら》に布団の中に潜り込んで静かに呼び出し続ける電話の音から耳を塞《ふさ》いだ。


聖陽の高校時代のクラスメイトである日野正義《ひのまさよし》が、待ち合わせの居酒屋に到着したのは約束の時間よりも三十分ほど遅れてからだった。

待ち合わせを告げて案内された個室仕様《しよう》のボックス席には、聖陽と彼らの二年先輩になる羽根井勲《はねいいさお》が先に酒宴《しゅえん》を始めている。

「繋がった？」

「うーん、また出ない。固定電話の番号はずっと変わってないはずなんだけど…」

「何度もかけ直すくらいなら、携帯に連絡したら？」

「携帯の番号、知らないんだよ…。だから家にかけるしか」

「あらやだ」

ボックス席の前に下がっている暖簾《のれん》から覗くと、聖陽が電話を切るところだった。

「遅くなって悪い。聖陽、誰かに急ぎの連絡？」

先にいた二人のやりとりを聞きながら、日野が中へと入ってくる。

「いや、家に電話をしてただけ」

「家に？　あぁそうか。聖陽は今、別の実家にいるのか」

「そう。俺にとってはそっちが本当の実家だけどね」

羽根井が座っていた側の席についた日野は聖陽の言葉に頷きながら、オーダーを取りに来た店員にビールを頼んだ。

「日野ちゃん、久し振り。アナタスーツ姿も格好いいわね。東京出張なのは判るけど、こんなに遅くまで仕事だったの？　今日は平日じゃないわよ」

「出張ついでに、いろいろ仕事を押しつけられてるんだよ。キリがないし今夜は約束があるから、って抜けて来た。羽根《ハネ》井さんも元気だったか？」

「ワタシは相変わらずよ。日野ちゃんも相変わらず男前ねえ」

「ハネさんこそ、今日も格好いいと思うけど」

「ウフフ、ありがとう」

日野に褒められ嬉しそうに笑う羽根井は、前髪を軽く後ろへ流して襟足をすっきりさせているかなりのハンサムだった。ラインがシェイプされたファッションスーツに身を包み、メイクも完璧《かんぺき》に施《ほどこ》している。

「ハネさんも一緒だから、てっきり今夜の約束もハネさんの店かと思ってた」

「そうしたいところなんだけど、ワタシの店だとお店の子達が皆聖陽を気にして聞き耳立てるから、内緒の話にならないのよ…」

店を経営している羽根井の言葉に納得し、日野は笑いながら頷いた。

「そうか、なるほどね」

「仕事で東京へ来てるのに、急に呼び出して悪い。先日は親父の葬儀にありがとう。ご住職…お父さんと弟君にもよろしく伝えて」

日野の実家は寺で、日野の末弟が寺を継いでいる。既知だった聖陽の父親の訃報を知り、先日の葬儀に駆けつけてくれていた。

「憧《あこが》れの先輩だった聖陽《お前》から、葬儀への丁寧なお礼の手紙を受け取ったって弟が感激してた。今夜も会うってメールしたら、羨《うらや》ましがってたぞ」

「へー、聖陽《あんた》ったら、そんなマメなことしてるの?」

「マメって…急な親父の葬式にわざわざ遠方から来て貰ったんだから、長男としてお礼の手紙くらい書くよ。新幹線が止まるほどの大雨だったんだし」

すぐにビールが届き、三人揃《そろ》ったので改めて乾杯をしてから日野が納得したように呟く。

「なんで聖陽がモテるのか、納得なんだよなあ。…で、そんなしっかり者が、人生経験豊富なハネさんじゃなくて俺で相談出来ることなんかあるのか?」

「何を言いますかね、一般生徒からの支持率高すぎて二年も生徒会長歴任《れきにん》した男が」

呆れた口調の聖陽に、日野は二杯目のビールを傾けながら羽根井を指差す。

「それは先代の会長だったハネさんに押しつけられたからだよ。男子校で支持率高くても…

そういえば真ん中の弟が実家に戻って来て母校で教師やってるんだけど、あの校則は一体なんだって怒ってた。二十一時以降、生徒が外に出歩けない校則《こうそく》がまだ残ってるって」

「怒られろ、主犯《しゅはん》。生徒会長のクセにお前が外で悪さしたからだろ…」

「そう思うなら、共犯の二人も弟に叱《しか》られてくれ。主に聖陽《お前》。人のよさそうなその人懐こい笑顔でどれだけ騙《だま》して来たんだ。顔がいい分、タチが悪い」

「人聞き悪いなあ、この顔は生まれつきなんだから自分ではどうにも出来ないだろ」

「造作《ぞうさ》じゃなくて、表情のコト言ってんの。聖陽が見せる笑顔を無防備に受けたら、相手は自分に好意があるんじゃないかって絶対誤解《ごかい》する」

日野の指摘に、聖陽はわざと寄せた自分の眉間《みけん》を指で押さえる。

「相手が嫌いじゃないのに、わざわざこんなふうに眉寄せてることもないし。それに日野もハネさんも、俺の笑顔でどうにもなってないんだから個人差なんじゃ…」

「それは聖陽が俺達に気がないのを知ってるから。それで弟もお前のファンなんだし」

「弟君が懐《なつ》いてくれているのは、俺が日野の友達だからよ。安全牌《あんぜんぱい》なだけ」

「安全牌？」

「そう。犬とか猫とか見かけて可愛いって言うのとか、お気に入りのアイドル見てこの人好きなんだよなあ、って言うのと一緒。自分がどれだけ好意を向けても、受け流してくれる相手だから。対象はともかく、誰かに好きって言ってるのは気持ちがいいからね」

「なんとなく判るが…それにしても聖陽と俺とでは、扱いが随分違うぞ？　いろんな意味でクールな真ん中も苦笑いするレベルなんだから」

「本当の兄貴だから、安心して邪険《じゃけん》に出来るんだろ。絶対嫌われないって判ってるから」

「日野ちゃんチは男兄弟三人なのよね？　その様子だと、今でも仲いいんでしょ？」

二人の会話を微笑《ほほえ》ましく聞いていた羽根井に、日野は小さく首を傾《かし》げる。

「うん？　まあいいと思う。真ん中は相当《そうとう》マイペースだけど、下はしっかりしてるし」

「じゃあ聖陽の相談に乗ってあげてよ、もう。このヘタレ」

「ヘタレ？　聖陽が？　何か困りごと？　聖陽が？」

「あ、二回も繰り返した」

「いや、驚いて」

日野の意外そうな声に、聖陽は苦笑いを浮かべたまま肩を竦《すく》めた。

「いやもう、困っている…というか。困ってはいないんだけど、困ってる」

「なんだ？」

「聖陽今、弟ちゃんと一緒に暮らしてるでしょ。その弟ちゃんが聖陽に全然！　懐いてくれないらしいのよ。実家に帰った意味ないじゃない、ねえ」

「え？　聖陽に？　まさか」

「いや、そのまさかで」

「口説かれ上手で、来る者拒まずの悪食《あくじき》のお前が」

「聞こえが悪い。…求められたら、応じたくなるだろ」

「それは聖陽が、誰も特別に好きになったことがないからの言葉よね」

「否定しないけど、せめて博愛主義《はくあいしゅぎ》とか、他に言いようが…」

「聖陽の場合、無節操《むせっそう》って言うのよ。だから日野ちゃんに悪食って言われるの」

「そうですか…まあ、今までそうだったんだけど」

「？」

聖陽ははあ、と肩を落としながら自分の皿と一緒に日野の皿にも料理をとりわける。

その手際はよく、手慣れた様子でスマートだ。料理上手は伊達《だて》ではないのが窺《うかが》えた。

「だって親父さんが亡くなって一人きりになる弟が心配だって言って、わざわざ実家に戻ったんだろう？　取るものもとりあえずだったじゃないか。聖陽なら家事も万能なんだから、一緒に生活するにしたって何一つ困らないだろうに。下手《へた》な女子よりよっぽど…」

「いや、家事は一切してない。家のことは全部弟の和喜に任せてる」

「えっ⁉」

意外な聖陽の告白に羽根井と日野は声を揃え、そんな友人の反応に聖陽は繰り返した。

「親父と二人で暮らしていた時は家事担当は弟だったから、俺は手を出してない」

「それで嫌われてるんじゃないの？　突然戻って来て何もしないから」

「何かさせてくれって言ったら、速攻全力で断られた。それに俺、無職だと思われてるみたいでそういう意味での信用も皆無《かいむ》。今日なんか顔も見たくないって言われた」

「何やってるのあなた…」

呆れた口調を隠さない羽根井に、聖陽も神妙《しんみょう》な顔つきで深く頷く。

「それ以前に弟は俺のこと全然憶えてなかったから、最初から印象最悪」

「はあ⁉　それって弟君からみたら、父親の葬式後に突然『兄』と名乗る男がのこのこやってきたってコトでしょう？　そんな不審者《ふしんしゃ》、よく家に入れたわねー。大丈夫？」

「不審者言わないで…。どうも親父が和喜に俺のことは話してなかったみたいで、面と向かって知らない憶えてないって言われてその場で泣きそうになった」

そう言って聖陽は両手で顔を覆《おお》う。冗談ではなく、本当に泣きそうだったのだ。

「亡くなった親父殿は何故、聖陽のことを言わなかったんだろうな」

「後ろめたさとか…申し訳ない気持ちのようなものがあったんじゃないかなって思う」

「ご両親が離婚したことで？」

「うん。これは勝手な憶測《おくそく》だけど…事情を知る俺が、大人になってから弟を疎《うと》ましく思うかも知れない、俺に拒まれたら弟が可哀想《かわいそう》だから…親父がそう考えて俺は弟にとって、最初からいなかったことにしておいたのかも。絶対にそんなこと、ないのに」

「だから自分から会いにいったのか」

「ハネさんの言う通り、家に行ったら最初は本当に不審者扱い。でも『管理人に追い出されて、帰る所がない』って言ったら、渋々家に泊めるのを許してくれた」

聖陽の言葉に、彼の本来の生活場所を知る羽根井が渋い表情を浮かべた。

「『管理人に追い出された…』って、聖陽のマンション今、内装《ないそう》工事してるだけじゃない。家にいられないのも数日でしょ？　もっと厳密《げんみつ》に言えば数時間程度の」

「嘘は言ってないし、それ以前に俺はあいつに嘘は絶対言わないよ」

「それなら聖陽、なんで無職だって弟に言ったんだ？　帰る家云々《うんぬん》は嘘じゃないにしても」

聖陽は眉を寄せながら、グラスを傾けて唇を湿らせる。

「『会社は？』って訊かれて、勤めてないって言ったらイコール無職扱いに。かといって自分の仕事の説明も難しいし。学生からみると、仕事は外で働くものって印象みたいで」

「聖陽、今でもハネさんの店でピアノ弾いているのか？　でもそれが本業じゃないだろ？」

「うん、ピアノは時々弾かせて貰ってる。本業は今でも続いてるよ」

「それなら普通に投資家《デイトレーダー》やってるって言えばよかったのに。個人投資家だって経済に関わりの深い仕事の一つで、今は日本でもそんなに珍しくないだろ。聖陽は大学時代からやってるんだし、儲《もう》かっているから続けてるんだろう？」

「外で働かなくていいくらいは。ピアノが好きだからハネさんの店で弾かせて貰ってたけど夜の仕事だし、今はしばらくは行けないかな。ごめん」

謝る聖陽に羽根井はいいのよ、と手を上げた。その指先は女性のように綺麗にネイルを施されている。正真正銘《しょうしんしょうめい》男性の羽根井に対して喩《たと》えとしては微妙なのだが、ベリーショートで華やかなメイクと服装の効果もあって、男装の麗人《れいじん》のような雰囲気を醸《かも》し出している。そんな羽根井は、立ち上がれば三人の中で一番上背があった。

「デイトレって言ったら、日本ではどちらかというと山師《やまし》っぽいイメージじゃない？　夜はクラブでピアノ弾いてまーす、主な収入は投資で得た利ざやでーす。…ほら、印象悪ぅい」

続けた羽根井の言葉に、日野は納得しながらも首を捻った。

「聖陽のピアノを一度でも聴いたことがある奴なら、そんなふうには言わないと思うけどな。それと同じで仕事に貴賤《きせん》はないんだが…持たれる印象は人それぞれか。聖陽だって大学卒業してから、会社勤めも経験あるんだし」

「長く続かなかったけどね」

「それは、会社の上司にパワハラ紛いのセクハラ受けたからでしょ。時間に自由が利くからこそ心配して、わざわざ駆けつけた実家を追い出されたら意味ないじゃない。聖陽、家のこともやってあげるつもりで戻ったんでしょう？　どうして手伝わないの？」

「それは…」

聖陽が答えるより先に、日野が口を開く。

「…俺は聖陽がそうするつもりで戻ったのに何もしないのは、判る気がする。あれだろう？　聖陽が家のことをやってしまうと、弟君の仕事を取ってしまうから…じゃないのか？」

「うん。親父は家のことが出来る人じゃなかったし。二人暮らしでそれぞれ家事を分担していたなら、まだ大学生の弟が不自由がない程度にはフォロー出来るかと思ってたんだけど」

「むしろ何も出来ないフリして、弟にあれこれ自分の世話焼かせていたほうが父親を亡くした悲しみが少しは紛れると考えたんだろう？　違う？　父親の代わりほどではないにしろ」

「…」

日野の指摘通りだから、聖陽は黙って笑っているばかりだ。

「ずっと離れていたとは言え、そんなに弟が可愛いもの？」

羽根井にからかわれた聖陽は、自分のスマートフォンを出して撮影した画像を見せる。

「可愛い、ヤバい。大学生にもなる弟に可愛いって、本人が聞いたら本気で怒ると思うけど…正直、ホントに可愛くてたまんない。意地っ張りだけど優しいし、しっかり者」

二人が聖陽のスマホの画面を覗くと、そこには和喜の横顔が写っていた。

「これが聖陽がずっと会いたがってた弟君か。さすが鉄板《てっぱん》の面食いだな、聖陽…」

「やだ、想像以上の美少年じゃない。聖陽とは全くタイプが違うけど、男前ね」

「俺と似てたら、本気で驚く。血が繋がってないいいいいんだから」

「それもそうね。…でも、この弟ちゃんが原因でご両親が離婚したんでしょう？　それでも可愛いって言うの？」

「言う言う。離婚は親の都合で、弟…和喜のせいじゃない」

「弟ちゃんとは、縁者《えんじゃ》でもないんでしょ？」

「和喜は親父の親友の子供。和喜が生まれてしばらくして、ご両親が不慮の事故で亡くなってウチでひきとったんだ。だから血縁で言えば、俺も死んだ親父も和喜とは赤の他人」

「それがどうして聖陽のご両親の離婚の原因に？　話の流れからすると、離婚前に養子《ようし》に迎え入れたんだろう？」

「えーと…親父は和喜のお母さん…親友の奥さんのことが昔好きだったのがバレたから。片思いだったらしいけど。因《ちな》みに和喜のお母さんの名前は聖なる子って書いて、聖子《しょうこ》さんって言うんだ…」

説明する聖陽の言葉は、半分溜息に近い。

「なるほど。自分の息子に好きな女の名前から一文字つけて、その忘れ形見までひきとったのか…聖陽の親父殿、物静かな人だと思っていたけど意外とやるなあ」

「俺のお袋は潔癖な上勝ち気な人だから、好きな女の子供を自分に育てさせるのもプライドが傷つけられたと、いくら過去のことだと説明しても気持ちとして納得出来なかったみたいで。離婚か和喜を手放すかどちらかを迫られて、親父は和喜を選んだんだ」

「弟ちゃんが女の子だったらと思うと、聖陽のお母様の心情も汲めるけど」

「でも実際和喜は男の子で、親友の忘れ形見だ。だからこそ引き取った子供を、簡単には手放せない。子供好きの親父なら、尚更。だけどお袋からみれば、自分が選ばれなかったって判断したんじゃないかな。和喜、可愛くてたまんなかったから俺も家を離れたくなかった。お陰《かげ》で俺は騙し討ちみたいにお袋に連れれて行かれて…それきり」

だが優しい聖陽には、そんな母親を振り切ってまで実家に戻れなかった。

「亡くなった親父殿が、弟君に聖陽の話をしなかったのはなんとなく合点がいくな」

納得する日野に、聖陽も苦笑いのままだ。

「俺も自分でそう思う。実際お袋からは、再婚するまで親父の悪口を聞かされ続けてたし」

「それで俺に相談って？　弟君に、聖陽は兄として信頼出来る奴って伝えるのか？」

「違うよ。ずっと離れてたから、その分も含めてこれから兄らしいことしてやりたいんだけど…どうしたらいいと思う？」

真顔で問われ、つられて日野もテーブル越しに体を寄せた。

「どうしたらいいって…お前、下に妹いるだろう？　今の家の」

「再婚同士だから血は繋がってないけどね。妹なら扱いが判るよ、猫可愛がりすればいいんだし。もしいなくても下に妹が沢山いるハネさんに訊くし。弟だと、勝手が全く違う」

テーブルに片手で頬杖《ほおづえ》をつく聖陽の言葉に、日野がやっと納得する。

「それで弟がいる俺に訊きたいって言ったのか」

「育った今でも可愛くてたまんないんだけど、具体的にどうしてあげたらいいのか判らないんだよ。喜ばせてやりたいし、笑って欲しいんだけど…全然してあげられてない。いっつも怒らせちゃって、不機嫌そうな顔してる。…だから、可哀想で」

「…念のために確認するけど、今聖陽が一緒に暮らしてる弟のほうの話、だよな？」

「だからそう言ってるんだって…。こんなに困ったことないよ」

本当に困っている聖陽の様子に、日野は不謹慎《ふきんしん》だと思いつつもなんだか微笑ましい気持ちになる。中学校からのつきあいだが、彼がこれほど困った様子はこれまで見たことがない。

「聖陽が困った姿を見ることが出来るとは思わなかったなあ」

「日野…お前今、しみじみ呟いただろう…」

「いやだって、なんか聖陽のその言いかただと…」

言いかけた日野を遮るように、羽根井が言葉を重ねた。

「血が繋がっていないなら尚更、弟君も聖陽との距離をはかりかねてるんじゃない？」

羽根井にたたみかけられ、聖陽は手にしていたビールを空ける。

「いや…向こうは多分俺と血が繋がっていないことを、知らない」

「えっ？」

「そうなのか？　聖陽」

「確認はしてないけど…自分が親父の息子だと疑ってないから、多分。死んだ親父がわざとそのことを教えないでいたみたいなんだ。進学の時とか必要な書類の手配も手続きも全部、親父がやってたらしい。親父、面倒なこと全部丸投げしてた」

「やだ、遺産の整理もあるでしょうからいずれ判ることだし、早めにきちんと伝えるべきじゃないの？　弟ちゃんだって、本当のことを知る権利はあるのよ」

諭すような羽根井に聖陽は頷きかけ、途中で困った表情のまま首を傾げた。

「ハネさんの言う通りなんだけど…でもそれを伝えてしまうと、弟は今度こそ本当の天涯孤独になってしまう。親父もそう考えて、判っていても言えなかったのかもしれない。…せめて弟に新しい家族が出来て必要とされて、独りでなくなるまで、って」

「自分だけが知らなかったって、後で知るほうがショックだと思うが」

「…で、それと同じ気持ちで、弟と血が繋がってなくてよかったと思ってる」

「聖陽？」

聖陽は一度言葉を切り、テーブルの向こうに座る親友達をそれぞれ見遣った。

「…そう思ってるんだ。だから俺は…和喜を弟として見ていない、んだと思う。多分、最初から。自分で酷い奴だと、判ってる。でも…」

「そうか、やっぱりな」

「え？」

小さく呟いた日野に、聖陽は顔を上げる。

「聖陽の弟に対しての物言いが…まるで片思いの相手への言葉のようだったから。もしかして弟としてではなく、違う気持ちを抱《いだ》いているのかも、って」

男子校出身ということも彼らの思考を柔らかくした一因《いちいん》だが、日野も羽根井も同性愛に対して深い理解はあっても偏見《へんけん》はない。羽根井に至っては自社の事業を通じて、性的マイノリティで苦しんでいる者へ社会的擁護《ようご》の活動もおこなっていた。

「和喜に、自分の気持ちを言うつもりはないよ。親父が急死して弟の支えになろうと思って駆けつけたら、むしろその逆だった」

「ミイラ取りがミイラに？」

そう言って日野が揶揄《やゆ》する。

「ミイラ取りに行ってないし！　せめて魅入《みい》られたと言って。まさか長い間逢《あ》っていなかった弟に、自分がこんな想いを抱くなんて思ってもみなかった。親父にも申し訳ない気持ち」

聖陽はそう呟いてから、何も持っていないと言うように彼らの前で両手を広げた。まだ、一度もこの手で彼に触れたことがない。

特別な気持ちで和喜を抱き締めることも、許《ゆる》されないのだ。

「聖陽」

しばらく自分の手を見つめていた聖陽は、そのまま続けた。

「俺が兄として出来ることが何か、って考えて。弟に対して邪《よこしま》な気持ちを持ってしまった懺悔《ざんげ》のつもりではないけど、せめて大学を卒業して一人前になるまでは兄として支えてやりたいんだ。生前、親父に頼まれていたことも少なからずあるとは思うけど」

「そうなの？」

「死ぬ…二ヶ月くらい前かな。突然飲みに行こうって親父に呼び出されてね。『自分に万が一のことがあったら和喜を頼む』って。親父とはそれまで何年も会ってなかったのに」

「ねぇ聖陽、それってなんだか…」

気遣って言葉を濁《にご》した羽根井に、聖陽が続けた。

「今思うと、遺言。親父自身は自覚なく、死期《しき》を察してたんじゃないかな。その時は生返事だったんだけど…好みの遺伝子は親父に似たらしいなあ、って実感させられてる。和喜は本当のお母さんにそっくり」

そう言って聖陽は寂しそうに小さく笑う。

「自分の気持ちを殺してまで、兄貴になるつもり？」

「親父に頼まれたからだけじゃなくて…俺の欲望《よくぼう》よりも、未成年の弟を家族としても社会的にも護ってやりたい、って気持ちのほうが大きいんだよ。あいつを好きな気持ちを、そっちへ無理矢理変換させせてる部分もあるかな」

「聖陽」

「まさかこんなタイミングで、自分の理性の強度を試されることになるとは思わなかった。妹が出来た時はそんな心配すらなかったのに」

珍しく饒舌《じょうぜつ》な聖陽の様子にそれだけ彼が思い詰めているのが、つきあいの長い二人の友人には手に取るように判る。

「聖陽だったら、本命にはそれこそ全力でアタックするかと。お前、寂しがりだし」

「そう？　あー…そうかも。後悔したくないタイプだよね」

日野は頷き、続けた。

「男女どちらからもやたらに好かれる、その無駄にいい顔と万能な家事スキルをフルに使って落ちない相手がいると思えないから。実際今まではそうだっただろう？」

容姿にも恵まれて学業も優秀《ゆうしゅう》、性格も穏やかで優しい聖陽は学生の頃から男女区別なく好意を寄せられていた。そのどれにも聖陽は真摯《しんし》に対応し、接していた。

モテ過ぎることで逆に相手に振られてしまうことも間々あったが、聖陽が誰かに夢中になる姿は日野も羽根井もこれまで見たことがなかった。

聖陽はいつも求められるばかりで、求めることをしない。

「なんだろう、さっきから褒められてる気がしない…今回は分《ぶ》が悪過ぎるし、それ以前にこれまでの相手と全然違うんだよ。告白するのも怖いし、それ以前にこの気持ちを気付かれて嫌われたり拒まれたらって考えただけで足が竦《すく》む。泣き出しそう」

「聖陽。お前…」

「怖いんだよ、本気で怖い。そう思っているはずなのに、自分で護ろうとしている弟との今の生活を全部壊してでも打ち明けたくなる気持ちも抱えてる。まるでいつ爆発するか判らない、爆弾だ。メーターがゼロか百か、って感じ。それしかないの」

「でも聖陽…もし何かのきっかけで、弟ちゃんが自分の出生のことを知ってしまったら？あなたどうするつもりなの」

羽根井の問いに、聖陽はようやく二人へと顔を上げた。

そのまなざしには迷いはない。

「その時はちゃんと説明する。正直に言えば和喜をこの世で独りきりにしたくないから血が繋がっていないと言えなくて、その半面告白したい気持ちで揺れてるけど。…血が繋がってなくて、よかった。好きになるだけなら、きっと罪じゃない」

「聖陽」

「だから俺のこの気持ちは、言えない弟の代わりに二人が聞いておいて」

寂しい笑顔の聖陽の声は、祈るような呟きだった。

結局電話が気になって、だけど出たくなかった和喜は夜遅くなってから逃げるように外に出かけた。もし次に電話が鳴ったら、取ってしまいそうになっていたこともある。

きっかけは空腹からだったが、一人ではご飯を食べる気がしなかった和喜はわざわざ駅向こうまで徒歩で出かけて適当なファストフード店で簡単に食事を済ませ、その後用もなくコンビニを数件まわって雑誌を立ち読みして時間を潰《つぶ》した。

それでもやることがなくなり仕方なく家へと戻ったのは、終電もとっくに過ぎたような時間になってからだった。

「…っ」

帰って来た和喜が自宅を目の前にして真っ先に感じたのは、なんとも言えない違和感《いわかん》。

家を出る時に消し忘れた玄関灯《げんかんとう》はドアの向こうからぼんやりと見えるが、門灯《もんとう》を含めてそれ以外の灯《あか》りは全てついていない。雨戸を閉め忘れたままのリビングも、真っ暗だった。

ドアを開けようとして鍵がかかっていることに気付き、慌てて鍵を探した。

勿論鍵をかけたのは、自分だ。家を出る時に施錠《せじょう》している。

「ただい…」

玄関の鍵を開けて中に入った和喜は、聖陽の靴がないことで言いかけた言葉を飲み込む。

靴がないのだからいるわけがないと判っていても、何かを期待して真っ暗なリビングに急いで灯りをつけ、そして誰もいないソファを見て思わず溜息が出てしまう。

「やっぱり戻ってない…か」

そう呟いてしまってから肩の鞄がするりと足元に滑り落ちた音で、和喜は我に返った。

家の中はしん、と静まりかえっている。聖陽が来てからつけっぱなしだったテレビも消えていて、何の音もしない。家の中に、自分以外の人の気配がしないのだ。

たった数時間前までいた自分の家なのに、音のない静かな家の中が酷く空虚《くうきょ》に感じて和喜は知らない場所に来てしまったような錯覚《さっかく》すらあった。

誰もいない部屋がこんなにも心細い気持ちになるなんて、和喜は今まで一度も…考えたこともなかったのに。

「何やってんだろ、俺…」

父親が生きていた時だって、毎日こうだったはずだ。お互いに夜が遅ければ家の中は真っ暗で、先に戻った自分が同じようにこうして照明をつけていたではないか。

「なのにたった一週間くらいで、あの人がここにいるのが当たり前になってた…？」

いなくなればいい、聖陽にそう言ったのも自分だ。

いつもソファの下に遠慮がちに置かれていた彼の荷物も、ない。

…まさか、本当にいなくなってしまったのだろうか。

「あの人…もう、ここには帰って来ないかな」

もしこのまま聖陽が戻ってこなかったら。同じことがこれから先ずっと、続くのだ。

「…っ！」

そう思い至った途端、和喜は自分の足元から力が抜けていくように感じた。

力が抜けたことで支えを失ったような、言いようのない不安感が這《は》い上がってくる。

「そうか、俺は…もしあの人がいなかったら、世界でたった独りなんだ」

これから先の未来で自分が家族を作ることもあるかも知れない、だが自分の両親を知り、幼い頃を覚えてくれている…自分以外で系譜《けいふ》を知っている人間は今は聖陽だけなのだ。

「家に独りなのって、こんなに寂しいのかよ」

それは父親が死んでから初めて感じた孤独感だった。

覚束《おぼつか》ない足取りで続き間の和室に向かい、祭壇の前でしゃがみ込む。沢山の花の中、父親の写真が飾られているだけで、そこには誰もいない。

もしかしたら聖陽は留守の間に戻って来たのかも知れない、いや鳴っていた電話に出ればよかったのか、だったら携帯に連絡をくれれば受信ボタンを押した、いやその前に聖陽にあんな言葉を言わなければ…聖陽は唯一の、家族なのに。

「家族なら、いちいちテレビの音に文句つけたりしないよな」

聖陽は、初対面から人懐こい優しい笑顔を向けてくれていた。

最初に亡くなった父親の湯飲みと茶碗を割ったこと以外、大声を出すことも兄貴面で傲慢《ごうまん》な態度をとることもなかった。

「…あの人って、この家で凄い気を遣ってたよな。テレビ以外」

何をやっているのか知らないが、夜遅くまで起きているから朝は遅いがいつも一緒に朝食をとってくれていた。

留守の間もリビングと続き間の和室以外の他の部屋には入ろうとせず、なるべく和喜の生活リズムを壊さないようにしていたのが判る。

和喜が起きている間、聖陽はソファでテレビを観ているばかりで殆どそこから動こうとしない。だが和喜が就寝のために二階へ上がると、階下からまだ彼が起きている気配が夜遅くまであった。その時にはもう、テレビの音は聞こえない。考えすぎでなければ、先に休む和喜を気遣ってテレビを切っていた。新聞は…いつも先に読まれていたが。

「俺は…暮らすところがないって頼って来ていた人を、薄情《はくじょう》に追い出したのか」

そして鳴らしてくれていた電話にも、わざと取らなかった。

家に一人きりの寂しさが募った和喜は孤独感に負け、昼間感情に任せて聖陽を怒鳴《どな》ったことに自己嫌悪で落ち込む。

どれもこれも、ちょっと感情を抑《おさ》えてやり過ごせばよかったようなことばかりだ。

「はあ。後悔するくらいなら電話、取ればよかったなあ。…今更言っても、遅いか」

和喜はいつも聖陽が座っていた場所に腰を下ろすと、深く息を吐き出した。

「…もし、このままあの人が帰って来なかったらどうしよう」

連絡しようにも、和喜は聖陽の携帯電話の番号を知らなかった。

そして外に探しに行こうと思っても、聖陽の交友関係も全く知らないことが…自分が知ろうともしなかったことが落ち込みをもっと深くさせる。

「家族なのに、何処《どこ》にいるのか検討《けんとう》もつかないのかよ…」

聖陽がこれまで何処に暮らしていて、どんな生活をしていたのかも和喜は訊いたことがない。訊いてもどうせ教えてくれないと思っていたし、それ以上に…。

「俺、あの人のこと…他人以上に遠慮していたのか」

他人ならごく親しい相手に対して、親しいからこそ無遠慮《ぶえんりょ》にプライバシーに踏み込んで訊くのは失礼だ。家族にも通用することだが、踏み込んではいけない対人距離《パーソナルスペース》が全く違うだろう。家族が他人よりも遠いパーソナルスペースを持っている場合があっても、普通であれば一緒に過ごす時間が多いことである程度のお互いの情報も知っているし、触れてはいけない部分も漠然《ばくぜん》と判る。

『俺のこと、訊きたい?』

聖陽は最初からそう言って、自分のことを教えようと…少なくとも和喜へ伝えようとしていた。和喜のほうへ近付くのではなく、自分の扉を開いて招こうとしてくれていた。

その代わりというように、和喜のことを訊こうとしたことは一度もない。

「…そうか、あの人。家族なら当たり前に知っていてもおかしくないこととか、教えてくれるつもりでいたんだ。ただの話したがりかと思ってた」

自分のことを話すことで、和喜と共通の話題を探そうとしてくれていた可能性もある。

『ピアノ、弾けるよ』

「あの人、俺がピアノ好きだって…知らないよな？」

自分は全く弾けないが、ピアノを聴くのは好きだった。小さい頃に弾いて聴かせて貰ったせいもあるだろう。

和喜にとってピアノの音は、あたたかな優しい家庭のイメージだった。

「俺、親父が死んで独りでも生きてく気でいたけど…どんな決心でいたんだろ」

父親を見送った時に、覚悟していたはずだ。なのにその決意が今は全く思い出せない。

家の中で独りでいる孤独感は、父親を送り出した時の覚悟や想像を絶《ぜっ》していた。

「これまであの人がいてくれたから…こんなふうに感じなかったのか」

寂しさを気付かせないために、独りにしないために。

「もしかしたら、こうなるのを承知で聖陽さんは、わざと笑っていたのかも知れない」

離れていたとは言え、相手を憎んでなければ親が死んで悲しくない子供などいない。

聖陽の気配や、いつも浮かべている柔らかな笑顔が一人になった時の孤独を感じさせなかったのだと和喜は改めて気付く。

「…多分、そうだよな」

和喜は誰もいない家の中、そうして長い時間ソファに座って天井を見上げていた。

そのままソファで寝てしまおうとも思った和喜だったが、リビングにいると落ち込み続けているのが嫌で朝になる前に諦《あきら》め気分のまま自分の部屋へ戻って眠りについた。

ベッドに入っても寝つけなかったが、それでもいつの間にか寝てしまったらしい。

「…っ⁉」

階下で聞こえた物音にベッドから跳《は》ね起きた和喜は、その勢いのまま部屋を飛び出した。

「…！」

急いで下りて来たリビングに見えたのは、聖陽の後ろ姿。

和喜の慌ただしい様子に、ちょうどカーテンを開けようとしていた聖陽は驚いた表情で振り返った。

「おはよう、和喜」

「…っ！」

聞こえて来たのは、いつもと変わらない聖陽の挨拶《あいさつ》…そして笑顔。

和喜は何か言おうとして、言葉が詰まる。言葉が詰まったのは、聖陽の姿に泣き出しそうになったからだ。

幼い頃デパートへ出かけ、はしゃいでいるうちに迷子になった。すぐに父親が見つけてくれたが、その間の心細さは今でも憶えている。今はその時の気持ちと全く同じだった。

「おは、よう…」

「うん」

「家、遅くなるなら…メモ、くらい残してけよ。心配、するだろ！」

違う、言いたいのはそんなことじゃないのに。伝えたいことを言おうとすると、喉に石が詰まったように言葉が綴《つづ》れなくなる。

「うん、ごめんね。忙しい友人がたまたま時間がとれて、急に会うことになったんだ。平日は出かけられなかったから」

「なんで…いつも家に、いるだろ？」

仕事してないんだから、という言葉を和喜は飲み込む。もしかしたら聖陽は働きたくても外で働けない理由があるのかも知れない、そう思い至ったからだ。

…初めて自分が、聖陽へのいたわりの気持ちが出ていたことを和喜は気付かない。

「普段はこの家だって、誰もいなかったんだから留守にしても平…」

「うーん、そしたら空き巣が入り放題《ほうだい》になっちゃうし」

困ったように笑う聖陽に、和喜は首を傾げた。

「俺、この家の鍵は持ってないから」

「？」

「あ…！」

聖陽の言葉に、我に返る。ここで長く暮らしていなかった聖陽は、予備の鍵の隠し場所も知らないのだ。和喜が鍵を置かずに大学に出かけてしまえば、家を空けられなくなる。

そのことにやっと思い至った和喜は、気付かなかった自分を恥ずかしく思いながらリビングにあるキャビネットのひきだしを開けて中にあった予備の鍵を探し出した。

「鍵持ってないなら、もっと早くそう言えよ…！　ほら」

羞恥《しゅうち》で耳まで紅潮《こうちょう》させながら、和喜は手の中の鍵を聖陽へ乱暴に手渡す。

一瞬触れた聖陽の手は、ふわりと柔らかさがあった。

「ありがとう？」

「なんで疑問系」

「だってこれ…俺、貰っていいの？」

「いいよ、これからだって必要だろ？　それがあれば、いつでも…」

好きに出かけられるだろう、そう言いかけた和喜は蕩《とろ》けそうな笑みを浮かべた聖陽の表情に思わず息を飲んでしまう。

「ありがとう、和喜。なくさないようにするから」

「…うん」

大人があんなに嬉しそうな表情をしたのを、和喜は初めて見る。大切な宝物を貰ったようにぎゅっと鍵を握り締める仕種や、その表情から聖陽が鍵を貰ったことが嬉しいと伝わってきていた。

「あれ？　でもそれならどうして、今は家に入れたんだ？」

「鍵、開いてたよ」

「えっ⁉」

普段から一人のことが多いので、家に入ると同時に玄関の鍵をかける習慣がついている…はずなのだが、聖陽が戻っていないことが相当ショックだったらしい。

施錠《せじょう》を忘れるほど、聖陽の留守が和喜にダメージを与えていた。

「御免、不用心なのに俺が帰ってくると思って開けててくれたのかな」

そう言って嬉しそうに笑う聖陽に、鍵のかけ忘れだと言い出しにくくなってしまう。

「ええと…もし、今日鍵がかかったまま、だったら。どうしてた、んだ？」

「玄関先で座ってたかな。和喜もどこかへ出かけていたかも知れないと思ったし」

「あ…そうだ！　夜遅くなるなら、電話くらいくれても。いや、もしかしたら…その、家に電話くれてたかも、しれないけど…」

へそを曲げて居留守を決め込んでいた和喜は、後ろめたさにしどろもどろになる。

だが聖陽はそんな和喜の態度に気付かないふりで、やり過ごしてくれる大人だった。

「うん。電話したんだけど、出なかったから」

「それなら、俺のスマホに電話くれれば」

「和喜の番号、知らなかったから…御免ね」

「⁉」

和喜はこんな朝早くから今日はこれで二度、自分の言葉に恥じ入る羽目《はめ》になった。

「教えて、なかったっけ…？　そうか、俺…」

聖陽は申し訳なさそうに、小さく頷く。

言われてみれば、教えた記憶がないかもしれない。いやそれ以前に、聖陽が携帯を持っているところを見たことがないのだ。

「ごめん、携帯持ってるトコ、見たことがなかったから。てっきり持ってないと…」

「あるよ。スマホだけど」

聖陽はそう言い、ズボンの後ろポケットからスマートフォンを出して見せた。本体が特徴的な色の、マットなメタルブルーのスタイリッシュなスマホだ。

「俺の番号も、教えておくから」

すぐに通信で番号を送信しあいながら、和喜は唇を噛むように小さく呟く。

「…ごめん」

「？」

「その…聖陽さん、が、鍵を持ってなかったことに気付かなかったのも、番号も教えなかったのも俺、だから。ちょっと考えれば、判ることなのに」

それでいつも、聖陽は家にいたのだ。コンビニへ出かけることはあったが、必ず和喜が家にいる時だけだった。こうして思い至ると、聖陽への申し訳なさで恥ずかしくなる。

「言わなかったのは俺だし、和喜は気にしないでいいよ」

向かいあって端末を繋《つな》げているので、聖陽との距離が近い。

「…でも。その…俺、聖陽さん、頭から携帯もスマホも持ってないって思い込んでて。家に電話するのも、わざとかと…思って腹、立ててたんだ」

「固定電話は俺が家にいる時と同じだったかな、ちゃんとこの家だったか自信ないんだ」

そう言って聖陽が静かに告げた番号は、今でも自宅で使っている固定電話の番号だった。

「…うん、家の番号それ」

彼の声質なのだろうか、聖陽の抑えた声は耳元で囁かれているようにくすぐったい。

「そうか、よかった」

安心したように笑う、少し伏し目がちの聖陽の長い睫毛《まつげ》。端末を持つ指先も、男性的なのに綺麗なラインをしていた。以前から男に指輪はどうかと思っていた和喜だが、聖陽なら似合いそうだ。

「もう一つ、聖陽さんに謝っても、いいかな」

「?」

「スマホを持ってないって思い込んでたのは…その、聖陽さんが…仕事してないから持ってないのかなって勝手に思い込んでたから」

「いいよ、そんなこと。普段殆どかからないから、鞄に入れっぱなしだったのは俺だし」

「でも…!」

急に大きな声を出した和喜に、どうしたのだろうと聖陽が顔を上げた。そのまなざしから逃げるようにぎこちなくもう一度目線を端末へ落としながら和喜は絞り出すように続ける。

「そう思ってたってことは、俺…口に出さなかっただけで聖陽さんのこと侮辱《ぶじょく》してたに等しい、だろ。あなたが俺のことそう言って怒鳴ってもいいんだ」

「怒鳴ったりなんか、しないよ」

手元を操作しながらの聖陽の優しい囁き声に、今度は和喜が顔を上げる。

目が合い、聖陽は和喜を見つめたままそれが本当だと言うように繰り返す。

「…こんなことで和喜を怒鳴ったりなんか、しない」

柔らかな聖陽の声に、和喜はぎこちなく再び俯く。

「それと…俺が自分のスマホの番号教えなかったのに、聖陽さんに謝らせちゃった…から」

…ごめんなさい。そう小さく呟いた和喜の声は、傍《そば》にいた聖陽にしか聞こえない。

「これから少しずつでいいから、お互いのこともうちょっと知ろうよ。俺は、和喜のこともっと知りたいと思ってる。和喜も俺のこと、少しでも知りたいと思ってくれたらいいな」

「…うん」

すぐに通信が終わってしまったことが残念でたまらなく思いながら、和喜は聖陽の言葉に小さく頷いた。


「実は徹夜で飲んだ」

酒臭さや宵越《よいご》しの様子など微塵《みじん》も感じさせない様子で、そう言って苦笑いする聖陽に見送られて和喜は大学へ向かった。

いつもと変わらない朝で、でもなんとなく違う…そんな朝。

「…」

和喜は通学途中、朝に見た聖陽の柔らかな笑顔がずっと頭から離れなかった。

相手は自分の兄貴で、だから男だ。それは判っている。短気を起こして八つ当たりした自分を、怒りもせずに受けとめてくれた。

この安心感…のようなものは何だろう。ふわふわと足元《あしもと》が覚束《おぼつか》ないような高揚感《こうようかん》なのに、同じくらいの心細さも募る。気になってしまって、仕方がない。

「俺にあんな笑顔を見せるくらいなら、好きな人にはどんな表情を見せるんだろう。う…」

そんな考えが浮かび、和喜は慌てて思考の隅に追いやる。

羨ましい、と続けそうになってしまった。…羨ましい？　聖陽の恋人が？

「あー…駄目だ。混乱してるだろ、俺」

和喜は自分に言い聞かせるように呟くと、大学の最寄り駅がある路線へと乗り換えた。

電車は別の路線で起きた人身事故の影響で、いつも以上に混《こ》んでいる。

車内はすし詰めと言われるほどではないが、こうして立っていてもほぼ身動きがとれない満員状態だった。下を向いても、足元は全く見えない。

「…？」

戸口《とぐち》よりやや後方にいた和喜が違和感を感じたのは、二つ目の駅を過ぎた頃。

下半身に、何かが密着《みっちゃく》している。最初は車内の混雑の影響で、誰かの鞄がたまたま自分にあたっていると思っていた。

「…っ」

だが密着していた何かは明かな意図を持って、和喜の下半身をまさぐっている。

和喜は初めてのことで一瞬理解出来なかったが、それは痴漢《ちかん》行為だと気付いた。

下半身へ手をのばしていると思《おぼ》しき背後に立つ人物は、自分より少し背があるくらいのスーツ姿の男性だ。顔までは見えない。

和喜の整った顔立ちはともかく背格好や服装で男なのは一目瞭然《いちもくりょうぜん》だし、布越しとはいえ触れれば確実に判るだろう。それでも這うように動く手は、和喜から離れようとしなかった。

痴漢をされていると判った途端、真っ先に感じたのは生理的な嫌悪感だ。それと同時にどうして自分が？　という疑問と混乱、痴漢行為という一方的な理不尽《りふじん》への憤《いきどお》りがあった。

だが逃げようとしても動けるほどの余裕はないし、自分の鞄が邪魔で相手の手を摑《つか》むことも出来ない。かといって声を出して周囲に訴えても、自分が痴漢に遭《あ》ったと知られるのは男の自分でも恥ずかしさで躊躇《ため》らいがあった。むしろ男だから恥ずかしい。

どうしたらいいのか判断にあぐねている間に、電車は減速しながら次の駅のホームへと入っていく。電車が停《と》まり、扉が開いて人々が降りるために動き出した。

まだ降りる駅ではないが、和喜も痴漢から逃げるために人の流れに合わせて歩き出す。

だが普通ならそれで離れるはずの手が、痴漢の男は降車時の混雑に見せかけて和喜の背中に密着して一緒に電車を降りてきてしまう。

「この…！」

それなら摑まえて駅員に引き渡してやろうと、ホームに降りてもまだ触っている手を捕《と》らえようと和喜は振り返った。

だがそれよりも一瞬早く、別の人間の手が痴漢の腕を摑まえる。

「片桐」

自分を呼ぶ声と同時に聞こえて来たのは、独特《どくとく》のシャッター音。

「！」

和喜が振り返ると、そこにはゼミの先輩である藤堂《とうどう》が立っていた。痴漢と思われるサラリーマンの腕を捕らえたまま、もう片方の手で見せつけるように自分のスマホを持っている。

サラリーマンも突然のことに、驚いた表情で藤堂を凝視《ぎょうし》していた。

年齢は三十代くらいだろうか、左薬指に結婚指輪も見えるサラリーマンに藤堂は再びスマホを向けてシャッターを押す。顔を撮《と》られた男は、とっさに顔を隠そうとするが既《すで》に遅い。

「いい大人が野郎相手に、何やってんの？　あ、顔とケツ触ってる証拠画像は撮ったから。今度こういうことしたら、撮った画像警察持ってくからね」

「クソ…！」

静かだが充分な威圧《おどし》を込めた藤堂の声に、顔色を変えたサラリーマンは一瞬息を飲み、そして掴まれていた腕を無理矢理振り払って降車の人混みに逃げていく。

「藤堂先輩」

「オハヨ。大丈夫？　災難《さいなん》だったねえ。車内で声あげちゃえばよかったのに」

「すみません、助かりました。いや…でも、男の俺が痴漢に遭ったのかと思われるのも、なんか抵抗があって。まさか自分がそんな目に遭うとは」

「そういう時はドス利《き》かせて『手をどけろ、女のケツと間違えて触ってんじゃねぇ』って周囲に聞こえるように言うんだよ。とりあえず、電車乗ろ」

ぺこりと頭を下げた和喜を促し、降りたばかりの電車に再び乗り込む。今到着した駅でかなりの人が降りたので、車内は一気《いっき》に空いた状態になった。

「片桐の後ろにいたんだけど、混んでて近付けなくてさ。そしたら君の様子がなんか変だったから、あーこれはやられてるのかなって様子見てたんだ。あのおっさん常連だよ。俺もよくやられる。この間はタマ握られた」

「え…つまり俺が男だと判ってて、ってことですよね?」

和喜と向かい合わせにドアによりかかっている藤堂も、相当に綺麗な顔立ちをしている。聖陽の優しいが男性的な容貌とはほぼ真逆の印象の、こちらはむしろ眼鏡《めがね》の美少女にしか見えない。本人は大変不本意だが、学内でも美人と誉《ほま》れの高い有名な先輩だ。

だが有名なのは、その整い過ぎた容姿のせいだけではない。

「だけど同族じゃないし。あれはタダの変態だね」

綺麗すぎる顔が災いしたのか彼にどんな過去があったのか、彼は自分がゲイであると周囲に公言していた。藤堂と言えば有名な女性嫌いで、彼の容姿にまつわる話と必ずセットでのぼる言葉だ。

だが和喜が知る限り大学校内で藤堂の下卑《げび》た悪口や噂は聞かないし、男性の友人も多い。

ただし一人でいることが好きなのだろう、特定の誰かと一緒よりも一人でいる姿をよく見かける。だから後輩の和喜も、声をかけやすかった。

「男に触られるのが、あんなに気持ち悪いなんて」

「いやあ…見ず知らずの他人に体触られたら、誰でも気持ち悪いよ。多分、顔見知りでも」

「…いや顔見知りなら、多分平気…？　かと」

言いながら和喜が咄嗟《とっさ》に思い浮かんだのは、何故か聖陽だった。

少し筋張った聖陽の細くて上品な指。なのに触ると少し柔らかい。

だが和喜は聖陽に意識的に触れられたことは、なかった。そして、その逆もない。

「そう？　ほら」

「うえっ!?」

藤堂はおもむろに手をのばして和喜の尻《しり》に触れる。ぎゅっと摑まれ、すぐに離れた。

「な？　気持ち悪いだろ？」

「全然ヤらしくないじゃないですか、今の。さっきのとは大違いです」

「俺が感じるように触ったら、片桐が新しい扉開いちゃうだろ」

藤堂が慰めているのが判るので、和喜は照れが混ざった苦笑いを浮かべる。

「先輩が俺に萌《も》えるとは思えないですよ」

「萌え？　あぁそういう意味では、さっきちょっとムラッと来たかな」

「えっ⁉」

真顔で返され、驚く和喜に藤堂は笑いながら続けた。

「だってなんか艶《つや》…っぽいというか、憂《うれ》い顔でいたから。好きな人のことでも考えてた？」

「うっ…ええと…俺、どんな表情《かお》してたんだ？」

頭から離れなかったのは、聖陽のことだ。でもそのことを…相手が藤堂でも、言えない。

「まあタマついてるほうが好きな痴漢が、今日みたいにふらふらと誘われるくらいの表情だったってコト。片桐は顔がいいから、そんな表情も惹かれる」

「藤堂先輩に言われても、褒められてる気がしません…」

「褒めてないよ。…何か本当に悩みごと？」

藤堂はこういうふうに、いつも勘がいい。そして無遠慮に踏み込んではこない様子が、何故か聖陽と重なる。否、なんでも聖陽に重ねようとしてしまっているのは自分だ。

「んー…と」

「…」

言ってもいいものか逡巡《しゅんじゅん》する和喜を、藤堂はのんびりと待ってくれる。

「先輩、は…恋愛のことで悩んだりしませんか？　その…どうしてその人が…好き、になっちゃったんだろう、とか」

藤堂に告白しているわけではないのに、『好き』という言葉で妙に緊張してしまう。

では誰を想像して、緊張した？　和喜は無理矢理その問いかけを無視した。

「あれ、悩みは恋愛関係なの？　俺はそこらへん、あんまり考えないようにしてるよ。相手が誰でも、どんな人でもね。同性だとしても俺には恋愛の障害《しょうがい》じゃないし…既婚者でも、他に恋人がいても関係ないかな」

「悩まない？　ですか？」

「決断はするけど、悩むのは向こうに任せる」

「決断？」

「そう。決断するっていうのは…好きな人が出来た時に自分の気持ちを伝える？　伝えない？　どっちにするか。で、仮に伝えるって決断したらアタックするだろう？　そうされて俺を受け入れるか否か悩むのは相手だし。同じように、もし向こうに恋人がいたらその人と別れるか、俺を拒むかは決めるのは向こう」

和喜は自分自身に理解させるように、ゆっくりと繰り返す。

「…決めるのは、向こう。でももし自分が好きになって、好きあっていた二人を引き裂いてしまったら…とか、悩みませんか？　振られた相手にとって、自分は酷い人ですよ」

食い下がる和喜に、藤堂はやんわりと首を振って人差し指を立てた。

「それは違う。つきあっていた恋人と別れることを決めたのは相手であって、自分じゃない。実行したのは相手。恨むなら自分を捨てた相手のほう。天秤《てんびん》にかけたのも、向こう」

「…」

「納得出来ないなーって片桐がそんな顔するのも、判るけどね。でもその人を好きになったら自分には好きな気持ちしかなくて、その気持ちを受け入れて貰えるかどうかは相手次第。どんなにどんなに…どんなに好きでも、自分以上に大切な人が相手にいたら、俺はかなわない。だから俺は悩まないことにしてる。ただし恋愛対象は人道的《じんどうてき》な道を外れない相手のみ」

「先輩は好きになったら、相手に…恋愛に障害はない？　ってことですか」

「少なくとも、俺はね。恋なら一人でも出来るけど、恋愛に発展させたいなら相手の気持ちが必要で、でもその気持ちは俺が勝手に操作出来ない。片桐が障害という壁も、建てようと思えばいくらでも建てられる。同性だとか恋人がいるとか、親友が好きな人だとか…あとは…相手が兄弟だとかも。でもそれは全部自分が決断しない、言い訳なだけ」

「言い訳。じゃあもし先輩が自分の兄弟を好きになっても、告白します、か…？」

最後の言葉に、和喜は自分が顔色を変えたことにも気付かない。

「もし好きになったらそうすると思うけど、それは絶対にあり得ないって断言しとく」

「どうしてですか？　やっぱり、兄弟…だから？」

そんな和喜へ、藤堂はこれまで見たこともないような渋面を浮かべて見せた。

「違う。実際俺には弟がいるんだけど、家の事情もあって小さい時から最悪に仲が悪い。だから天地がひっくり返っても弟に恋愛感情を持つ可能性はないな、って現実的な理由」

「…」

「誰かを好きになるのに、障害はないよ。性別とか年齢とか、そういったものも全てね。もし片桐が本当は好きになったら駄目な人を好きになっても、片桐は悪くない」

「でもそれは、きっと許されない」

藤堂は顔を上げて、真っ直ぐ和喜を見つめる。

「誰に？」

「え？」

「片桐は、誰に許して欲しいんだ？　神様？　それとも倫理《りんり》？　道徳観《どうとくかん》？　その誰か何かに許して貰えなかったら、相手を諦めるのか？」

「…！」

「もし片桐が許して欲しい相手が神様だったら。駄目なら、どうしてその相手を好きになったりするんだ？　本当に駄目なことだったら、絶対に許されないだろ。…たとえば、死んだ人が蘇《よみがえ》るとかね。許しておいて苦しめるのが神様なら、俺はそんな神様はいらないよ」

「先輩…」

「だからもし片桐が許されない相手を好きになって、それでも誰かに許されたいなら。その時は、好きになった相手に許して貰えばいいと…俺は思うよ」

和喜は自分の手を見つめる。聖陽とは、赤の他人のように似ていない手だ。

この手が、許されていつか特別な感情と共に彼に触れることがあるのだろうか。…おそらく、その可能性は殆どないだろう。理性で判っているのに、何度も自分に問いかけている。前の夜、同じように…否、和喜よりももっと深く同じ想いで聖陽も自分の手を見つめていたことを和喜は知らない。

和喜は見つめていた自分の手から、藤堂へと顔を上げる。

「ありがとうございます、先輩。もし俺が…いや、そうならないように祈っててください」

それは、予感だった。

「片桐。…好きになってしまうのは、自分で止められないよ。それがどんな相手でも」

そして呟くような藤堂の言葉は、予言だった。

「…」

和喜は自分がどんな表情でいるのか気付かないまま、藤堂の言葉を無言で受けとめた。

藤堂の言葉は、ただの参考だ。

和喜はそう思うことに決め、自分を落ち着かせようとする。

ただ、少しだけ救われたような気分なことは否定出来なかった。

出て行ったかも知れないと思っていた聖陽が帰って来てくれた、それだけで和喜は舞い上がっていた。和喜は自分でも、その自覚はある。

「いや、俺は一人っ子だったし、ずっとそのつもりでいたから…兄貴が出来て嬉しい…んだよな？　これは、多分。まあ…会った初日は最悪だったけど」

彼と暮らし始めた時にあった、もやもやとした苛立ちは今は全く感じない。そのことも和喜は不思議だった。

帰って来てくれた聖陽の全てを無条件《むじょうけん》に受け入れたわけではないが、一緒に暮らしていく以上お互いに不快なことがないように折り合いをつけていけばいいのだ。

「…」

自分のスマホを開くと、聖陽の番号が入っている。それが不思議な安心感を生んでいた。

「そんなに一人のこの家が、しんどかったのかな」

時計の音しか聞こえないような、誰もいない家。今は一人でもいつか家族が戻ってくるのと、誰も帰ってくることがないのとでは天地《てんち》の差だったことを思い知らされた。

聖陽がいつまでここにいてくれるのかは判らない、だけど今の和喜には長くいて欲しいという思いに変わっている。

「こんなに考えが変わるものかなあ」

自問自答した和喜は聖陽の携帯番号をスマホの画面に出したまま、ベッドに仰向《あおむ》けに寝転んだ。なんとなく嬉しくて、今日は何度この画面を出したのか判らない。

番号を教えあった時に見た、聖陽の長い睫毛。端末を持っていた、すっきりとした指。

「男の俺が見ても、いい男だよな…あの人。モテそうだし」

人に好かれる人間はいい意味で隙《すき》がある。聖陽もそれを持っていて、やんわりと和喜を受けとめてくれ、それがたまらなく心地好いことを知った。

「恋人、いるのかな…」

いや、もしいたらこの家に葬儀当日から上がり込んだりはしないだろう。

でも恋人がいないとも思えないのも、和喜の率直な気持ちだった。

「自分の兄貴に恋人がいたっていなくたって、どっちだっていいだろ…俺の頭は暇《ひま》なのか」

いい加減聖陽のことが頭から離れない自分に呆れて、和喜はベッドから体を起こす。

「ただいまー」

「…！」

階下からコンビニから帰って来た聖陽の声が響き、和喜は急いで部屋を出た。だけど聖陽の帰りを待ちかねていたのかと思われたくなくて、わざとゆっくり階段を下りる。

「…おかえり。遅かったな」

「ただいま。探し物が見つからなくて、近くにあるコンビニ全部見てきた。アイス買って来たから、一緒に食べよう」

「うん。探し物？　何？」

「これ」

和喜の問いに、聖陽はポケットから取り出した小さなケースを軽く投げて寄越《よこ》す。

「フリスク？」

片手で受け取って見ると、それはビビッドカラーのフリスクだった。そのデザインと配色で、限定品のフリスクだと判る。

「そう。その味が気に入ってずっとそればかり買ってたんだけど、この頃コンビニでも見かけなくなって。つい意地になって遠出してきた。かといって、いつもの味に戻れなくて」

「フリスク、好きなの？　か？」

「うん、夜中の眠気覚ましにガリガリ噛んでる」

「…夜中に起きてないで、寝ればいいのに」

「まあそうなんだけど」

起きている事情があるからこその苦笑いの聖陽へ、和喜はフリスクを返す。

「駅向こうなんだけど、駄菓子系を専門に卸してる店があって。その店なら、時々思いがけない限定品とか…期日過ぎたキャンペーンのシールが貼られたままの商品とか、そういったのを大量に出してたりすることがあるから。…今度見てくる」

「いいよ、和喜。そこまでしなくても。ネットで探せばまだあるかも知れないし」

「ついで、だから…！」

「？」

つい零《こぼ》れ出た聖陽への親切な言葉に自分で恥ずかしくなった和喜は、照れ隠しについ大きな声になってしまう。自分を見ている聖陽のまなざしを、意識してしまう。

「ええと、その…来週開店したら見に行くつもりでいる、スーパーがその店に近い、んだ。だから覗きに行ったついで、で見てくる。わざわざ、行かないし」

「…そう？　それならお願い出来るかな。和喜が覚えていたらでかまわないから」

「判った。…何？」

どうしたのかじっと見つめてくる聖陽に、和喜はどうしたのだろうと首を傾げた。

そんな和喜の髪を、聖陽が優しく撫でる。

「和喜はいい子だね」

「な…！　子供《ガキ》じゃないって！　触んな…！」

払おうとする和喜の手よりも早く、聖陽は降参《こうさん》のポーズをとりながら後ろへと下がる。

「ごめん、子供のつもりで撫でたワケじゃないんだけど…つい。和喜が、優しいから」

「優しいって…兄弟なんだし、それくらいするの当たり前だろ？　聖陽さん、ここへ戻ってきてまだ土地勘だって戻ってないだろうし…聖陽さんは気安《きやす》く野郎の髪撫でるのか？」

耳まで紅潮させたまま驚きで声が裏返りそうになる和喜に、聖陽ははっきりと首を振る。

「まさか。和喜にしかしないよ」

「‼　嘘つき、親父に線香あげに来た生徒さんの髪も撫でてただろ」

「よく覚えてるね。女の子達だったから、手っ取り早く泣きやんで貰うためにそうしただけで、もし来たのが男だったら目の前で号泣《ごうきゅう》してたって撫でたりしないよ。…和喜だけ」

和喜…、そう名を呼ぶ聖陽の声は息が漏れるような、囁くような甘味を帯びていた。

「…」

だから和喜はそれ以上文句も言えなくなって、ただ聖陽が触れた名残を探すように自分の前髪に触れた。…自分がどうしてこんなに、動揺しているのかも判らないまま。


それからの数日は、二人は穏やかな平日を過ごすことが出来た。

今日も和喜の料理で夕飯の仕度をして、一緒に食事をとった。

メニューは聖陽がリクエストした、煮込みハンバーグ。これまでのようにソファで待っているのではなく、手際よく調理する和喜の傍で調理器具を洗ったりお皿を出したりと細々手伝いながら、聖陽もキッチンにいた。

これまでずっと一人で全部キッチンをやっていた和喜だったが、聖陽の手伝いはとても自然で痒《かゆ》いところに手が届くような細やかな配慮があり、邪魔どころか自分がもう一人増えたような負担の軽さと早さで調理することが出来た。お陰で味つけも上手《うま》くいっている。

…聖陽は訊かれればリクエストをするが、基本出されたものを好き嫌いなく何でも美味《おい》しそうに食べていた。気持ちがいいほど豪快《ごうかい》だが食べかたも綺麗《スマート》で、食事のマナーもいい。

小学校の頃から家のことをきりもりしているが、特に得意というわけではないので基本は男料理だ。レパートリーもそう多くはない。

そんな和喜の作る料理を美味しそうに食べる聖陽に、和喜は食べていた箸《はし》の手を止める。

「俺…少し作れるレシピ、増やそうかな」

「え？　今でも充分だと思うけど…美味しいし」

「うん、だから。聖陽さんがそんなふうに美味しそうに食べてくれるなら、もうちょとレシピ増やしてもいいと思ったから。誰かとこうして一緒にご飯食べるのがこんなに美味しいなんて、考えたこともなかった」

「…」

「父さんともご飯食べてたけど、それが美味しいとか楽しいとかなんて思わなかったし。…でも、聖陽さんとのご飯はそう、思うから。やっぱりこういうのも環境の変化かな」

「和喜…」

「以前からレシピ増やそうかなって、考えてたことだけど。きっかけがなくて…だからどうせなら、レパートリー増やしたら聖陽さんとのご飯が楽しくなるかもな、って」

和喜は自分の言葉が照れくさくて、乱暴にご飯の続きを始める。

「…。そう言えば和喜、昼間に司法書士さんから連絡があって。書類を揃えるのに、少し時間がかかっているそうなんだ。今週末に予定していたけど、もしかしたら月末くらいになるかも知れないって。いいかな」

では書類が届くまでは、間違いなく聖陽はこの家にいてくれるのだ。そう思うと安心すると共に、書類の到着がなるべく遅れてくれたらいいとさえ和喜は考えている。

「時間がかかってるって、なんだろう。父さん、離婚とかしてるからとかかな」

「…多分」

聖陽は答えながら目線を落とす。何故聖陽が視線を外したのか、和喜には判らない。

だがすぐにまた顔を上げた。

「そうだ、忘れてたもう一つ。親父の職場にある荷物を引き取りに来て欲しいって」

「…学校で全部処分してくれてもいいのに。形見として欲しい生徒さんにあげるとか」

「うん、俺もそう言ったんだけど…個人所有の物だから処分の判断がつかないからって。土日でもいいって言って貰えてるけど、一緒に行く?」

「…」

和喜は手を止め、首を振る。

「それ聖陽さんに頼んでも、いいかな。俺は行きたくない」

「判った。じゃあ適当な平日に引き取って来る」

ご飯を食べながらの聖陽の言葉に、和喜は安心したように息をついた。

「こんな時、兄弟…家族とかいるのっていいんだな」

「ん？」

「いや、もし聖陽さんがいてくれなかったら、そういうのも俺が全部やらなければいけないから。自分で嫌《や》だな、っていうのも関係なしで。俺、もし一人だったらどうしてたのか考えもつかない」

「和喜」

「正直、聖陽さんが来た時は別にいらないって思ってた。一人でも大丈夫なはず、って。でも違ってた。…聖陽さんが俺の兄貴でよかった。俺は意地っ張りだし、もしかして他の人だったら、駄目だったかも知れない。聖陽さんだったから、よかったんだと思う」

「…」

顔を上げた和喜は真っ直ぐ、聖陽を見つめる。

そうだ、この自分の中にあるときめき…のような感情は、自分が独りではなく聖陽という兄を得たことの、そして彼への信頼から来るものだ。和喜は自分にそう言い聞かせる。

まるでそうであって欲しいと、祈るような気持ちで。

「…聖陽さん、俺の兄貴でありがとう。そして父さんが死んだ時に、この家へ来てくれたことも俺は今更だけど聖陽さんに感謝してる。いや、ありがとうって言うのは変かな、ここは両親にも感謝すべき？」

「…あぁ」

照れ笑いのまま自分に対して全面の信頼を寄せる和喜の言葉に、聖陽はぎこちなく笑うのが精一杯だった。


聖陽の様子がおかしい、と和喜はすぐに気付かなかった。

「俺のお茶碗？　それを言うのに、わざわざその格好で戻って来たのか？」

夕食の後の和喜からの提案に、聖陽は驚いたように訊き返した。

風呂に入ろうとしていた和喜は上半身は裸のまま、ジーンズもフロントボタンは外されて広げられ、下げられているファスナーから下着までチラ見えている。

聖陽が同じ男だからと脱ぎかけのまま、無防備に脱衣所から出て来たようだった。

だが和喜に特別な想いを抱《いだ》いている聖陽には、残酷《ざんこく》な姿だ。

「そう。思い出したから早めに言っておこうと思って。今はお客さん用の使ってるだろ？

箸も。ここで暮らすなら、揃えておいてもいいと思って…というか、聖陽さんだって家族なんだからあって当然レベルで」

「…でも、わざわざ揃えなくても。今ので充分だし、勿体《もったい》ないよ。それに…ここに、いつまでいられるのかは」

珍しく歯切れの悪い聖陽の言葉を、和喜は最後まで聞きたくなくて遮る。

「この家を出て行ったからって、もう二度と来な…帰って来ないつもりじゃ、ないだろ?」

「それは…」

「じゃあ、帰って来た時に使えばいいんだし。この家の長男、なのにいつまでも来客用のお茶碗を使ってるのは変だよ。聖陽さん用の食器はあったほうがいい」

それは建前に過ぎなくて、本当は聖陽をひきとめたくて言い出したことだ。どんなものでもどんな理由でもいい、聖陽がこの家から離れ難《がた》くなるような何かが欲しかった。

「…」

鍵を渡した時のように嬉しい顔が見られると思ったのに、聖陽の表情は何故か暗い。

好きな時に使える専用の食器は、その家で暮らすことを許された証だ。

やや遠回しではあるが、聖陽を兄として受け入れようとしている不器用な和喜の意思表示だと伝わらなかったのだろうか。

「聖陽さん…?」

「あ…いや、ごめん。ちょっと驚いて」

聖陽は取り繕《とつくろ》うように笑い、和喜からぎこちなく視線を外す。

「そう？ これから暑くなるとは言え、ちゃんとした布団も必要だろ？ 二階の真ん中の部屋の…今は物置代わりにして使ってない部屋を片付ければ…」

「いや、布団はいいよ。寝るのはソファで充分だし。部屋も俺は夜遅くまで起きているから、うるさくて和喜寝られなくなるよ」

「夜中に何やってるんだ？」

「うーんと…色々？」

「ふうん？ ネットとか？」

「そんな感じ。ありがとう、和喜。遠慮しているわけじゃなくて…布団や部屋、食器もそうだけど、仕度させて俺がすぐに家を離れてしまうことになったら無駄にさせてしまう」

「無駄だとか、そういうの気にしなくていいだろ？ その、俺の兄貴なんだから」

…家族だから兄だから、その言葉はまるで何度も自分に言い聞かせているようだ。

口に出して確認していないと、自分が誤解してしまいそうで和喜自身余裕がない。

だから聖陽が一瞬だけ物言いたげなまなざしを向けたことに、和喜は気付かなかった。

「判った。じゃあそうして欲しいと思ったら言うから。…それで、いいかな」

そう本人に提案されてしまえば、和喜は承諾するしかない。

「…うん、聖陽さんがそれでいいなら。でも本当に俺に遠慮とか、いらないから」

聖陽は柔らかに笑い、ぽんぽん、と軽く和喜の髪を撫でた。

「判ってる、大丈夫。…お風呂、入るつもりだったんだろう？　行ってこいよ」

「…」

和喜は脱衣所へ向かう途中、ソファへ戻っていく聖陽を振り返る。

その表情はいつも通りで、彼の横顔からは今どんなことを考えているのか窺《うかが》えなかった。


「…」

ソファの背もたれに体を預けていると、浴室からかすかに水音が聞こえる。

仰向けていた顔を腕で隠すようにしながら、聖陽は小さく呻《うめ》く。

「あー…こんなにキッツイとは。脱ぎかけで出てくるのは反則《はんそく》だろ…」

聖陽の気持ちなど知る由《よし》もない和喜から向けられる、無防備な笑顔。

全面的に信頼してくれていると判る和喜の仕種や言葉が、弟への後ろめたい想いを抱く今の聖陽には突き刺さるようだ。

家を空けたのは、たった一晩。

その一晩だけで、和喜は『独り』でいる孤独を嫌と言うほど知ってしまったのだろう。警戒をしていたはずの聖陽をリビングで見つけた時の、和喜が一瞬見せた泣き出しそうな安堵する表情が忘れられない。

いつも苛々として不安定そうだった和喜の態度が和らいだのが、あれからだ。

「せめてここへ来た時みたいに、懐かないでいてくれてればよかったのに。俺が一方的に、愛情を傾けるだけで」

和喜から向けられる好意が、苦しい。なのに嬉しさで舞い上がるような気持ちもある。あまりに高く舞い上がりすぎて酸欠《さんけつ》になり、その息苦しさで今度は墜落《ついらく》するようだ。

「…っ」

息苦しさに、聖陽は深く息を吐き出す。息を吐き出すと、そのままソファへさらにもっと下へと沈んでいきそうになる。

聖陽はソファに置きっぱなしにしている、手に触れたブランケットを握り締めた。

「…頑張れ、俺。むしろ、物凄《ものすご》く頑張れ俺の理性」

これまで誰と恋愛をしていても、こんなに己の欲望に我慢《がまん》を強《し》いられる相手はいなかった。自分から求めたいと、渇望《かつぼう》した相手は誰一人いなかったのに。

「それがよりにもよって、護らなければいけない弟かよ…。背徳心に溺《おぼ》れてるわけではないんだけどな」

それだけは、判る。血が繋がらないとはいえ自分にとって弟だから、同じ男だから…そういった禁忌《タブー》による背徳感や社会的制裁《しゃかいてきせいさい》を覚悟しての高揚からくる感情ではない。

聖陽は恋愛において吊《つ》り橋効果的な要素で相手に惹かれるほど経験値の低い子供ではなかったし、夢見がちな男でもなかった。むしろ若い時からモテている分冷めて、現実的だ。

それなのに…和喜に対してただ、愛《いと》おしさが募る。

「保護者的な愛おしさで収まればよかったのに。ハネさん達にはああ言ったけど。抱き締めたいとか、触れたいとかになってるから厄介《やっかい》なんだよなぁ」

しっかり者の和喜であればこうして一緒に暮らさなくても、大丈夫だったかも知れない。

「父親を亡くしたことも、これから一人で生きていかなくてはならないことも…そこから逃げようがないなら自力で乗り越えるしかない。最初から兄貴なんていないって思っていたら、アテになんかしないし。…兄貴として」

葬儀の後に離婚して離ればなれになっていた兄だと名乗って、ここを訪れたことは別にいいだろう。どのみち相続の手続き関係の途中で、いずれ判ったことだ。

和喜のパーソナルエリアを侵さない距離を保ち、年齢の離れた理想的な兄として接すれば細く長いつきあいが出来たかも知れない。必要なら経済的な支援も、聖陽なら可能なのだ。

「…だけど」

聖陽には、それが出来なかった。和喜が憶えていなくても大事な弟であり、家族だから。

「そう思っていたのになあ。中途半端に存在を主張して、またこの家を離れたらそのほうが何倍も残酷だ。あー、俺が悪いのかな、やっぱり」

和喜は何も悪くない。全部、自分が悪いのだ。

どんなに考えても深呼吸のような溜息しか出ない聖陽のスマホが、着信で鳴動《めいどう》する。

相手は、まるで途方《とほう》に暮《く》れていた聖陽の状況を見かねてかけてきたようだった。

『もしもし聖陽？　今、電話して大丈夫か？』

「日野…」

『？　どうかしたのか？』

「今、自分の理性が闘《たたか》ってたとこ。一人で悶々《もんもん》としてたから電話貰えてよかったよ」

沈んだ声に、面倒見のよい日野が察する。

『弟君と、何かあった？　そんな話してるくらいなら、近くにいないんだな』

「和喜は入浴中。その音が聞こえてくるんだよ。だから悶々としてたんだって…」

『大変だな…。弟の気配が近くにあってキツイなら、自分の頭が冷えるまで距離を置くのもありだろ。夜だけでも…本業の合間に、ハネさんトコで少し弾かせて貰うとか』

「うーん、そう考えているんだけど今はちょっと無理かな。しんどいんだけど、俺が離れたくなくて。それより日野から電話くれるの、珍しいね。また東京へ出張でも？」

『いや、実は下の弟が外出した時に電車で痴漢に遭ったって、やたらに落ち込んでてさ…。

聖陽だって学生時代ザラに痴漢に遭ってたぞ、って慰めるつもりで言ったら逆効果で』

「ははあ、それで見かねたお兄ちゃんが俺に電話してきたのか」

『悪い、聖陽に励《はげ》まして貰ったらあいつも少し元気が出るかもって』

「あはは…いいよ、代わって」

通話口の向こうで近くにいたらしい日野の弟へ、スマホを渡す様子が伝わってくる。

『もしもし、聖陽先輩？　夜遅くに、すみません』

「オス、久し振り。兄貴に聞いたよ、電車で何されてんのお前」

聖陽はわざと声をあげて明るく笑いながら、項垂れている様子の日野の弟を励ます。

『いきなりだったんですよ⁉　目が合ってから、後ろに回り込んでされたんです』

「だーから、野郎が電車でケツ触られるのなんか、ダッセーの。隙があるからされんの。されたほうばっかり気分悪くなるなんて、損だろ？　だから落ち込む必要なんかないの」

された側に非があるようなもの言いにしたのは、わざとだ。聞いている日野の弟も承知している。被害者が女性ならいたわって慰めるべきだが、同性であれば檄《げき》を飛ばして怒りへと転化させたほうがいい。されたことはたいしたことではなく、気に病む必要がないのだと。

聖陽の機転《きてん》は功《こう》を奏《そう》して、最初は元気がなかった弟の声はすぐに張りを戻していく。

励ます聖陽の言葉を風呂上がりの和喜が聞いてしまっていたとは、その和喜もまた数日前に同じように痴漢に遭っていたとは知らなかった。

「…っ」

相手はどれほど親しい相手なのか、和喜が耳にしたのは聖陽の明るい笑い声だった。テレビを観て笑うことはあっても、あんなふうに声をあげて楽しそうな聖陽の姿は見たことがない。だからつい、相手が誰なのかと悪気なく聞き耳をたててしまった。

明るい対話はすぐに静かになり、聖陽の声から笑いが消える。

通話にスマホを耳にあてて俯いているので、聖陽の表情は判らない。

「うーん…やっぱり、駄目かも。最初は、大丈夫だと思ってたんだけどね。いい兄貴のふりも…本当の兄のふりも楽じゃないんだなって、この家に来て死ぬほど痛感してる。やっぱり、お前のようにはなれないな」

「…！」

信じ難《がた》い言葉に、和喜の足が半歩後ろへと引く。その距離分で、廊下の壁にぶつかって想像以上に派手な音が響いた。

「！」

驚いた表情で聖陽が顔を上げる。

「ごめん、日野。…また、かけ直す」

目が合った和喜を見つめたまま聖陽は電話口の相手にそう告げ、通話ボタンを切った。

「今の…本当、なのか？　聖陽さんは、俺の本当の兄貴じゃないのか？」

「兄貴だよ」

通話を盗み聞きしていたことも責めず、聖陽は静かに告げる。

「じゃあ、今のは何？　本当の兄貴のふりも楽じゃないって、そう言っていたのは嘘？」

「嘘じゃない」

「じゃあ、俺の兄貴じゃ、ないんだろう？」

思い詰めた表情のまま、聖陽は繰り返す。

「兄貴だよ。俺は、和喜のお兄ちゃん」

聖陽の優しい口調は変わらない、だからこそ和喜のほうが感情が昂《たか》ぶる。

「どっちが本当だよ!?　本当の兄貴じゃないけど、兄っておかしいだろ？」

「…」

「どっちか本当のことを教えてよ、聖陽さん。俺を子供扱いして、からかってるんじゃなければ…！」

「からかってない。どっちも本当」

「聖陽さん！」

本当のことが聞きたいと言いながら、和喜が望んだのは否定の言葉だ。

大丈夫、和喜の血の繋がった兄貴だと…からかうための言葉だと聞かせて欲しかった。

だが聖陽は兄だという。でも本当の兄でもないといい、どちらも本当としか言わない。

そして聖陽は、言われるままだ。口調こそ柔らかいが、どこかもの言いたげな余裕のない真剣なまなざしも、いつもの聖陽ではない。

…だから、これは触れてはいけないことなのだと和喜に警鐘《けいしょう》を鳴らしていた。

だが和喜の性格では、後ろへ引くことが出来ない。聖陽のことであれば、尚更だった。

「聖陽さん。俺、嘘つかれるのも騙されるのも…嫌だよ」

「俺は、和喜に嘘はつかないよ」

「‼ それが嘘だって言わないのかよ⁉」

兄ではないかもしれないという言葉にもショックだったが、痴漢行為に対する聖陽から発せられた言葉もまた和喜にはショックだった。

落ち込んでいる相手を励ますためにわざとそう言ったのだと、事情を知らず聖陽の声しか聞いていない和喜には判らない。

「…」

いつもの聖陽だったら、どこがどう違うのか説明してくれただろう。

だけど今夜の聖陽は、まるで自分の言葉を和喜に合わせようとしているように感じる。

「本当の兄貴じゃないから、お茶碗とか要らないと言ったのか？　布団も部屋も、いつでも出て行けるように…父さんの遺産の整理を済ませたら、聖陽さんの欲しい物が手に入ったらすぐにでも出て行くつもりで？」

聖陽は力なく首を振る。

「…最初に会った時も言ったけど。俺の欲しい物は、親父の遺産を整理しても絶対に手に入らない。それは最初から判ってる」

「それなら…！　俺のお兄ちゃんだって言うなら、納得出来る理由を教えてくれよ」

和喜はそう言いながら、もっと強い不安に駆られる。

聖陽は嘘を言っていないかも知れない、だけど何かを隠している。確証はないが、はっきりしない聖陽の様子からそんな確信が和喜にはあった。

その何かを暴かれたくないから、言えないのだ。

…もし。もしその秘密が自分にとって…否、その秘密を暴いてしまったら、これから少しずつ一緒に築きたいと思っていた聖陽との生活に修復不可能な致命的な亀裂《きれつ》となったら。

「…っ」

思い至った和喜が真っ先に恐れたのは、聖陽がこの家を出て行ってしまうことだった。

「聖陽さんは言いたく、ないの？」

「…」

聖陽は無言だった。頷くことも、首を振って否定もしない。

ただ、少し眉を寄せて和喜を見つめている。動揺しているはずなのに、整った顔立ちの男は、あんな憂い顔も魅力的に見えてしまうんだな、見つめ返す和喜は場違いだと判っていてもそんなことも思ってしまう。

そして二人の間に、また長い沈黙。

駄目だ、これ以上聖陽を見ていられない。

「…判った、もういい。だから聖陽さんも、もう何も言わなくていいから」

和喜は真実を知りたい以上に、聖陽との生活が終わってしまうことを真っ先に恐れた。

「和喜」

「…もう寝るから、おやすみ」

これ以上聖陽の前にいられなくて、和喜は逃げるように自分の部屋へと駆け上がる。

その背に呼び止める聖陽の声もなく、追いかけて二階へ上がってくる様子もない。

聖陽がこの家に来てから、何度こんなふうに自分の部屋へ逃げてきただろう。

和喜は濡れた髪のまま、ベッドへ倒れ込んだ。

「なんだよ、どういうことなんだよ…！」

聖陽の言葉が判らない。矛盾《むじゅん》する聖陽の言葉が嘘ではないのなら、何故自分に安心させる言葉をくれないのか。

聖陽には言いにくくて話していないが、痴漢に遭ったのは自分に隙があるからで、そんな人間だから話してくれないのだろうか。

「本当の、兄ではない。兄のふりも楽じゃない…。それって俺を負担に感じていたってことだろ…？」

聞こえて来た聖陽の言葉が、深く和喜の胸を抉《えぐ》る。握ったからと言って痛みが和らぐわけでもないと判っていても、和喜は痛みを感じる胸のあたりのシャツを握り締めた。

泣き出しそう、だけど泣けない。

怒りよりも悲しみよりも、もっと違う大きなショックで自分の感情がどうしていいのか判らなくなってしまっている。

処理出来ない感情を持て余したままベッドに俯せになる和喜の耳に、階下から響く音。

「ピアノ…？　聖陽さんが、弾いているのか？」

聞こえて来たのは、ピアノの音だった。

綴られる旋律《せんりつ》は、いつかどこかで耳にしたことがあるようなバラード。

「…あの人、ピアノ巧《うま》いんだな」

単調なのに繊細に幾重《いくえ》にも重ねられる音は、まるで秘密を抱える聖陽が自分を慰めているようにも聞こえ、何も考えたくない和喜は目を閉じてその音に身を委《ゆだ》ねた。

聖陽のピアノの音が子守歌になり、いつの間にかうとうとしてしまったらしい。

わずかな時間に、和喜は夢を見た。それは、幼い頃の夢だ。

年齢は三、四歳頃だろうか。確か外で体の大きな子供に苛《いじ》められて、泣いて家に帰った時のことだ。

『おかあさーん…』

母親は綺麗で優しい女性だったが、何故か和喜は母親に抱き締められたり抱っこされた記憶がなかった。…ことを、夢を見ながら思い出す。

だがそのことで寂しいとか、悲しいという記憶もない。そういう意味では、物心ついた時には母親はこの家にいなかったことで、ないものを求めようとしなかったのだろうか。

だがそれはすぐに違うことを、和喜は気付く。

『…和喜、どうしたの？』

わんわん泣いて家に帰った和喜を出迎えてくれたのは、一人の少年だった。

それが誰なのか、今の和喜にはすぐに判る。まだ少しあどけなさを残している聖陽だ。

こうして過去の夢を見て思い出すが、聖陽は母親によく似ていた。

『おいで、和喜』

泣いていると知ると、聖陽は両手を差し出して軽々と和喜を抱き上げてくれる。

いつもそうしてくれていると判る、慣れた様子だ。抱っこされた幼い和喜も、そんな聖陽に縋《すが》りついている。

『おかあさんは、今日もお仕事なんだ。代わりにお兄ちゃんが一緒にいるからね』

『じゃあ…ピアノ、弾いて』

『いいよ』

そうだ…と、和喜は思い出す。母親に抱き締められた記憶はないが、いつもこうやって聖陽が自分を抱き締めてくれていた。だから寂しいと思ったことがなかったのだ。

聖陽は抱っこしたままぐずる和喜を連れてリビングにあるピアノに向かうと、自分の隣に座らせる。そこは和喜の特等席で、いつもここに置かれている椅子だった。

『何がいい？　和喜の好きなのを弾いてあげる』

『きらきら星！』

『いいよ、和喜はきらきら星が大好きだね』

聖陽は幼い和喜の髪を撫で、リクエストされたきらきら星変奏曲《へんそうきょく》を弾き始める。

曲が終わってしまうのが嫌で、何度も聴きたがる和喜のためにところどころ同じフレーズを繰り返すアレンジが加えられた演奏だ。

「…そうだ」

転《うた》た寝《ね》から覚醒《かくせい》しながら、和喜は小さく呟く。

階下から聴こえていた曲は、まさに今夢見ていたきらきら星の曲。同じフレーズを繰り返す部分も、同じだった。聖陽の演奏の音に、思い出して夢を見たのだ。

自分がピアノが好きになったのも、聖陽がいつも弾いてくれていたからだった。

起き上がった和喜はベッドから両足を床へ下ろしながら、自分の前髪を両手で梳《す》く。

夢で見て、はっきりと思い出す。

…聖陽は、本当に自分の兄だ。忘れようがない、大好きだった年齢の離れた兄。

「…どうして、忘れていたんだろう?」

両親が離婚したのも、あれから間もなくだったはずだ。父親から母親と聖陽が出て行ってしまったことを聞き、母親がもう帰って来ないことよりも聖陽がいなくなってしまったことのほうが何倍も悲しくて父親に縋って泣いたはずなのに。

『和喜のお兄ちゃん』

聖陽は、最初からそう告げていた。そして今、夢で見て思い出した。

「…なんでだよ」

彼が本当に自分の兄だと確信して安心したことよりも、違っていたらよかったのにと残念に思う気持ちのほうが和喜の中で遥《はる》かに強い。

「本当の兄貴じゃ、なかったらよかったのに。そうしたら…」

言いかけ、我に返った和喜は息を飲むように自分の口元を押さえた。

そうしたら…? 駄目だ、これはけして、口にしてはいけない言葉だ。

だから代わりに和喜は自分に言い聞かせる。

「本当の兄弟じゃなかったら、一緒に暮らせないだろ…。相手は同じ男で、兄貴だ」

想うことさえ、許されない。

世界中で唯一人の兄である聖陽に、和喜は強くつよく惹かれ始めていた。

「…っ」

気付くと、階下からピアノの音が聴こえない。

もしかして聖陽は出て行ってしまったかもしれないと、いてもたってもいられなくなった和喜は部屋を出て一階へ下りた。でもまだ顔を合わせたくないから、息を殺す。

リビングに、灯りがついている。そして出入り口からすぐ見えるソファの足元に、聖陽の荷物が見えた。

荷物があると言うことは、聖陽は出て行っていないようだ。それだけで安心して、和喜はなんだか泣きたくなる。

「…?」

聞こえてくる、聖陽のかすかな声。また誰かと電話中なのかも知れないと、もう盗み聞きなどしたくない和喜は気付かれる前に二階へ戻ろうと今来た階段へ戻りかけた。

だが聞こえて来た言葉に、和喜は足を止める。

「不出来な長男で、本当御免な親父…。俺、和喜を困らせてばっかりだね」

「…！」

違う、電話をしているわけではない。気配を消してリビングを覗くと奥の和室、祭壇の前に聖陽がこちらに背を向けてあぐらをかいて座っていた。

「でもさ…親父も少しは悪いと思うよー。ちゃんと俺のこと、和喜に教えておいてくれたらこんなに面倒なことにはならなかったんじゃないか？　どんなことがあったって、俺が和喜のこと疎ましくなんて思うわけないのに。後始末丸投げで急に死ぬことはなかったと思う」

「…」

聖陽は和喜に気付かず、祭壇の父親に向かって小さな声で語り続けている。

「いや勿論、それならどうして生きている間にこの家に来なかったのか？　って、親父の言い分も判るよ。俺は上京して東京に戻って来てたの、親父だって知ってたし。…でもね、親父。一度この家を離れたら、たとえ子供でも招かれなければ遊びにも来れないよ」

聖陽の呟きは誰かと会話をしている間合《まあ》いではないので、独り言だと判る。

「和喜が成人したら、三人で一緒に飲もうって約束も果たさないで…。いつかは逝《い》く所だろうけど、そんなに急いで逝くことはなかったと思うよ。和喜独りにして、どうするんだよ。もし俺がいなかったら、この家に和喜独りなんだぞ」

聖陽が囁くように話しかけている内容は、大半が文句になっていた。だがその言葉の端々《はしばし》に、父親の死を残念に思う気持ちが溢れている。

それと同時に、一人残された和喜を慮《おもんぱか》る言葉も必ずあった。

「…そうか、多分」

和喜は思い至る。おそらく聖陽は、和喜を心配してこの家に来てくれたのだ。

もしかしたら管理人に追い出された、というのは本当かも知れない。それでもずっと音信不通だった実家に、わざわざ頼る以外方法がなかったとは思えなかった。

それでも聖陽からは、何一つ恩着《おんき》せがましい言葉を聞いたことがない。

『和喜の、お兄ちゃんだから』

たった、それだけの理由で。

「…っ」

和喜はゆっくりとリビングから離れながら、左手で胸元を握り締めた。

胸が、苦しい。聖陽が自分の兄だったからこそ、こうして一つ屋根の下で暮らせる。

誰よりも近い、存在。

「…駄目だ」

和喜は、小さく呟く。口に出して思い込まないと、泣き出しそうだった。

聖陽が本当の兄だと確信出来て、安心した。もう、疑う必要もない。

血の繋がらない他人が、あんなふうに亡父に向かって話しかけることなんか絶対にない。

それと同時に和喜はそうでなくてもよかったのに、と絶望のような想いも生まれていた。

「聖陽さん、他人でもよかったのに」

そしたら、そうしたら…俺は。

「…俺は？」

和喜は、自問自答する。問いかけの前にあった答えは、霞《かすみ》のように消えてしまった。

胸が、苦しい。

初めて誰かを強く想う気持ちは自覚するよりも先に、好きになってはいけない相手だと絶望に塗り消されてしまった。

それでも朝は来て、目覚ましが鳴る前に起きた和喜《かずき》はいつもより早く階下へ下りた。

もしかしたら今度こそ、聖陽《せいよう》が夜の間に出て行ってしまったかと不安だったからだ。

だが聖陽はいつもそうしているようにソファの上で、ブランケットを頭からすっぽり被《かぶ》って体をまるめて眠っていた。

「…？」

かすかに残る、線香の匂《にお》い。その匂いにつられて和室に行くと、ちょうどあげられた線香が終わるところだった。部屋に匂いがこもらないよう、窓の一枚も網戸が開けられている。

改めて見ると、父への慰めに届けられた花はどれも手入れがされ、生き生きとしていた。

咲きすぎて枯れた花は一つもないのに、全体の花の数は以前の半分近くになっている。祭壇にはお茶やお水をお供えする茶湯器《ちゃとうき》があり、指で触れるとお茶がまだ温かい。ダイニングテーブルには、今日も先に淹《い》れられたお茶がある。

「もしかして、お茶を供えるのにいつも先に一番茶を淹れてくれたのか…？」

幼い頃の和喜では台を使わなければ届かず、また火を扱うこともあり仏壇まわりのことは父親任せだった。だが今も生前と変わらずに祭壇と共に花が生けられている。

自分がやっていない以上、してくれていたのは聖陽以外にいない。

和喜は背を向けて丸くなっている聖陽に、声をかけた。

「起きてるんだろ」

「…」

聖陽から応《こた》えはない、だが彼は起きていると和喜には確信があった。

何故《なぜ》なら彼はおそらく、少なくともこの家に来てから眠りは浅い傾向《けいこう》にある。彼が物音に気付かず熟睡《じゅくすい》する姿を、和喜は一度も見たことがない。

身動《みじろ》ぎもしない聖陽に、和喜はかまわず続けた。

「もしかしたら、出て行ってしまっているかと思った」

「…」

「俺だったら、出て行ってた」

だから怖くて、早く起きてきた。聖陽とこうして暮らし始めて、これで何度目だろう。

和喜は言葉を続ける前に、無意識に小さく息を飲む。

「聖陽さん、は…俺の本当のお兄ちゃん、だったんだな」

兄貴、と言おうとしたのに幼い言葉が先に出た。幼い頃に使い慣れた…言葉だ。

「…どうして？」

丸まっていたブランケットが動き、聖陽の触り心地のよさそうな髪がそこから零《こぼ》れた。

だが和喜に背を向けたまま、こちらを見ようとしない。

「夢で、見たから。ガキの頃の夢。小学校高学年か…中学生くらいの聖陽さんが、泣いてた俺にピアノを弾いてくれてた。きらきら星」

「そうか」

起き抜けのせいなのか、聖陽の声は掠《かす》れて甘い。耳元で囁《ささや》かれたら、くすぐったそうな。

ブランケットに丸まったままの相手は男であり、自分の兄だ。判《わか》っているのに、聖陽の声だけで和喜は心拍数《しんぱくすう》が跳《は》ね上がり、意識してしまう。

「夜に聖陽さんが弾いてたので、思い出して夢に見たんだと思う。昨夜聴こえて来たのは、凄《すご》いアレンジされてたけど。でも聴いたことがあるようなリズムで…」

「あれはボサノヴァ調で弾いたから」

「ボサノヴァ…あぁなるほど。あぁいうふうに弾くの、得意なのか？」

「まぁ…多分」

「…」

そして、沈黙。次に口を開いたのは、聖陽のほうだった。

「俺をこの家に迎え入れてしまうと、昨夜みたいに気まずいことがあっても逃げられない」

「でも、家族なら普通にあることだろ」

「家族…ね」

言いながら、二人それぞれ家族という言葉に傷つく。

「仲の悪い家族も、いる。…俺は、聖陽さんとそうなりたくないけど」

和喜の言葉を聞きながら、ようやく聖陽が体を起こす。

「うん、俺も」

まだ、このままでいたい。相手に嫌われたくない、だからそれぞれこの想いを封印《ふういん》するしかない。

それがたとえ仮初《かりそ》めのものだと判っていても、今の二人にはそれしか出来なかった。

それからの数日は、穏やかなものだった。

朝二人で朝食をとり、和喜は大学へ行く。聖陽は持参していた二台のノートパソコンを鞄から出して起動させ、ある程度投資に必要な情報を集めることで午前中を過ごす。

昼食に和喜が作ってくれたお弁当を食べてから、家の掃除と片付けを始める。

天気がよければ午前中に済ませてしまう洗濯と、家の掃除は聖陽が自分から申し出てやり出した。それ以前からも和喜が留守の間に掃除や家のメンテナンスをしていたが、気兼《きが》ねなく出来るのは少なくとも後ろめたさがない分気が楽だった。

ただし聖陽は、二階には手を出さなかった。せいぜいが廊下までで、部屋には入らない。洗濯物も二階のバルコニーには干さず、一階庭側の日当たりのいい場所に干していた。

そして午後になって和喜が帰ってくる前にパソコンを片付けて、テレビをつける。

時にはピアノを弾く時もあったが、あまり長い時間ではない。

…ピアノは、この家へ来てからすぐに調律をしてもらっていた。長年使っていないと聞いていたので、内部の埃《ほこり》やカビなどの除去《じょきょ》にクリーニングが必要かと覚悟していたが、中を見て貰《もら》うとほんの数年前に手入れがされていてその必要がなかった。

あの父親にしては珍しいが、アップライトのこのピアノは母が離婚時に置いていったものなので、もしかしたら自分の所有物ではないからと気遣ってのことかも知れない。

「…あの人が、自分で置いていったものを返してくれたなんて言うとは思えないけど」

そのお陰《かげ》でピアノは調律だけですぐ弾くことが出来たのは有難《ありがた》かった。

夕方に和喜が帰ってくると夕食の仕度になる。聖陽も一緒にキッチンに立つが、手を出さない。皿を出したり片付けたりの、単純な手伝いだけだった。

食事を終えると、時には借りてきた映画を二人で観ることもある。

作品の感想や、世間のニュースについて話したりと、記憶に残らないような他愛もない会話を重ねるうちに夜が更けて和喜が休みを告げて二階に上がる…そんな日々の繰り返し。

とても穏やかで、だが二人ともそうありたいと願って努力していたからこその平穏。

今日も午前中に洗濯を済ませた聖陽は、壁のカレンダーをめくると小さく息を吐いた。

「四十九日を済ませて、相続手続きも終えたら一段落かなあ。…しまったクリーニングに出してた喪服、部屋から持ってこないと。本格的に暑くなってきたし着替え…は、いるかな」

いつまでこの家にいられるだろう。

「来た時は考えなしだったからなあ。うーん…」

和喜が何か無理をしている、のはなんとなく判る。無理…というのともちょっと違う。

以前のような警戒心からの棘《とげ》のある態度はなくなったが、その代わり気付くと何かもの言いたげなまなざしを向けていることが多くなった。

「…いや、まさか」

あの視線を、聖陽は知っている。特別な人間にだけ、向けられるまなざし。

だがそれはあり得ないと、聖陽はすぐに自分に都合のいい考えを否定する。

「それとも、俺が物欲しそうに見ちゃってるかなあ。もしそうなら俺が」

距離をおかないと。…その言葉が、聖陽はたとえただの独り言でも口に出せない。

「和喜は勘がいい子だし、俺が無意識になんかしちゃってるってことも…いや、まあ一段落したら考えよう。…そうだ」

カレンダーを元に戻して、時間を確認する。和喜が帰って来るまでには余裕があった。

「探すなら今のうちか」

聖陽は念のためにスマホでタイマーを起動させ、和喜がいつも帰宅する時間の三十分前にセットしてから二階へ上がった。

「あの親父《おやじ》のことだから、全部処分してるとは思えない。もし写真があるとしたら、多分この部屋だけだろうし」

先日学校から引き取ってきた荷物にも、それらしいものは見当たらなかった。

掃除をしながら階下で探したが、やはりない。二階にある納戸代わりの部屋は和喜が割と頻繁《ひんぱん》に出入りしている。物は多いが整頓《せいとん》されているので、ここにもないはずだ。

和喜が今使っている部屋は元は聖陽が使っていた部屋で、父親の部屋は変わっていない。真ん中の部屋は、本来なら和喜が大きくなって与えられるはずのものだった。

「さて、と」

離婚前は夫婦の部屋だった父親の寝室に遠慮なく入った聖陽は、換気《かんき》に二面ある窓を開けてから探し物を始める。…部屋は、父親が急死してから殆《ほとん》ど手つかずのままだ。いつか整理をしなければならないと、和喜も判っているだろう。だがそれより先に、気持ちの整理がつかなければ片付けに及ばない。

「和喜が出来ないのなら、俺がこの家を出るまでにしてもいいんだけど」

問答無用で聖陽が片付けてしまってもいいが、それではこれまでこの家で暮らしてきた家族の思い出を踏《ふ》み躙《にじ》ってしまうことになる。

「…まあ、俺の家族としてのここでの生活は、一瞬で踏み躙られたけどね」

ある休みの日に母親に連れられて出かけて、そのままこの家に戻ってこられなくなったのだ。母親が出かけた先は遠方の実家で、荷物は後から配送されて来た。

和喜をとても可愛《かわい》がっていた聖陽がこの家から離れたがらないことを知っていて、母親が無理矢理そうさせたのだと知ったのは随分後になってからだ。

聖陽自身不可抗力《ふかこうりょく》だったとは言え、幼い和喜を置き去りにしてしまったという気持ちはいまだに小さな傷のように自分の中に残ってしまっている。

洋間の父親の部屋にはベッドと机、そして本棚と作り付けのキャビネット。

聖陽はまず机に向かい、パソコンを起動させながらひきだしを開けていく。ひきだしの中は職場である学校関係の書類ばかりで、私的なものは混ざっていない。

…探しているのは、和喜の本当の両親の写真だった。

いつか和喜に本当のことを話す時に写真は必要だろうと、父親が残しているはずだ。

ひきだしを途中にして、今度はようやく起動したパソコンのファイルを片端から検索して探していく。聖陽にかかればパスワードで保護されていたものであっても、作為的《さくいてき》に奥のほうに保存されている隠しファイルも全く苦労なく簡単に探し出せて内容が確認出来た。

だが、探し物はパソコンの中にも入っていないようだ。

「うーん、やっぱりないか。ん？」

開いていたファイルの中に、日記があった。こんなところに探し物の両親の画像はないだろうと、聖陽はファイルを閉じかける。だが、その中の数行が目にとまった。

「なんだ…？」

目に止まったのは、数字だった。見つけてしまったのは、なかば職業病に近い。

だがその前後に書かれていた文章に、聖陽は表情を変えた。

「何考えてるんだよ、親父…！」

聖陽は椅子《いす》から立ち上がると、今度は机の背後にあったキャビネットを開いて大切な書類がありそうな場所を見当をつけて探し始める。机の中には、それらしいものはなかった。

「生徒の会社の連帯保証人なんて、なんでなってるんだよ…！」

キャビネットの奥に隠されていた書類箱を引っ張り出し、机の上で広げる。

書類箱の中にあったのは、通帳関連だった。

「…」

通帳を開いて入出金を確認する。特にどこからか借り入れている様子はない。二人で生活するには充分の収入を給与で得ているし、支出の比率も一般家庭と同じくらいだ。

その書類箱の一番底に、父親が連帯保証人になった関連書類が出てくる。

「…そうか、これで」

相続関係の確認が遅れていると、司法書士からも連絡があった理由が納得出来た。

「もしかしたら借金くらいはあるかも、とは思ったけど…連帯保証人…」

「聖陽さん、そこで何してるんだ？」

「！」

背後から突然聞こえて来た和喜の声に、半分茫然《ぼうぜん》自失《じしつ》でいた聖陽は驚いて振り返る。

「…和喜、どうして」

壁の時計を見ると、いつも帰って来る時間よりもかなり早い時刻だった。

「午後の時間が休講になって、いつもより早く帰っ…」

ドアから部屋を覗《のぞ》き込んでいた和喜は、聖陽の手元にあった通帳達を見つけてしまう。

「父さんの部屋で、何…してたの」

「ええと…探し物」

「なんの探し物？　お金？」

何を探していたのか、は和喜には言えなかった。いずれ判ることになるが、父親が連帯保証人になっていて、それが今現在もそうであるかは確認が出来ていない。

未確認なことは、和喜に余計な心配をかけたくない聖陽には言えなかった。

じっと見つめてくる和喜から、聖陽は逃げるように目を逸《そ》らせてしまう。

「…探していたのは、写真」

だが聖陽が目を逸らせたことで、ここで後ろめたいことをしていたと和喜に言ってしまっているようだった。

「最初に会った時、写真なくなってるって言ったよ」

「もしかしたら、残ってるかもって思って」

これまでずっと部屋に入ったことがなかった聖陽が、何を探していたのだろう？　金銭が目的なら、それでもいい。聖陽が正直に教えてくれないのが、和喜には悲しいだけだ。

逃げるように目線を逸らせた聖陽の態度に、和喜は裏切られたような気分になる。

それが、和喜にとってたまらなく不安で不快だった。

「金、いるなら相続分取ればいいだろ」

「お金はいらないよ」

「じゃあどうして、父さんの通帳開いてるんだ？」

「…」

「ねえ聖陽さん、俺はもうすぐ二十歳になって成人する。成人すれば、社会責任も自分でとれる。そんなに俺が、信用出来ない？」

「信用してる。和喜が子供だから、とかそういうのとは違う」

いつもなら上手な言葉を選んで、相手を安心させることが出来たはずだ。

だけど和喜にだけはいつも巧く言えない。

「じゃあ…！　この部屋で何をやっていたのか、教えてくれよ」

「写真を…」

「俺のこと、信用してないから！　まだあると思って写真探してたってことだろ⁉　やっと…聖陽さんのこと、信用してなんとか出来ると思っていたんだ。一緒に暮らすのも、兄貴だからって！　相手に信用されてないの判ってて、辛《つら》くないわけないだろ？」

「和喜。俺は和喜を、信用してるよ。これは親父と俺の問題で…」

「じゃあ、俺の問題でもあるんじゃないのか？　家族なら…！」

聖陽は、顔を上げた。

「…家族だから言えないこともあるよ、和喜。親父の部屋に勝手に入ったことは、謝る」

「謝らなくていいってば！　そういうのが他人行儀なんだって、どうして判らない⁉」

「親父は、和喜の家族だ。和喜と親父が一緒に過ごして来た時間が、この家にはある。俺は親父にとっては血が繋《つな》がっているだけの、家族だ。和喜とは違う。だから、この部屋に勝手に入るべきではない。…そう判断して、今まで入らなかったんだ」

「でも、今日はこうして入ったんだろう？　判断以上の必要があったから」

何故聖陽が隠そうとするのか、和喜には判らない。だから不審を抱《いだ》いて当然だった。隠されるから、自分は信用に値しない人間だと聖陽に思われていると誤解する。

「…俺が親父の部屋で、欲しい物はないよ」

「でも探し物してたんだろう？」

「考えてみたら、この家は多分親父一人の名義の家で、相続自体は放棄《ほうき》するつもりだけどまだ半分は俺が権利を持ってるよね。その分で今回、部屋に入ったと許して貰えないかな」

「え…」

「もし俺が相続放棄しなければ、和喜はこの家をどうするつもりだったの？」

「それ…は…」

指摘され、初めて和喜は言葉を失う。

考えるまでもなく、聖陽の言うことは至極当然のことだった。最初から放棄する、と聖陽が言ってくれていたせいもあるが、もし相続するならこの家の所有権も二人で分けなければならない。そして長男である聖陽がこの部屋に立ち入る権利も、あるのだ。

「状況によってはこの家を処分する可能性だってあること、考えたことある？」

「だけ、ど！　この家はずっと、俺と父さんが暮らしていたんだ。聖陽さんは俺の兄貴かも知れないけど、やっぱりこんなふうにこそこそ勝手にされるのは気分、悪い。一言あれば、俺が一緒だと何か都合が悪いなら聖陽さん一人でだって、部屋を見られた」

部屋に入った時の聖陽の言葉から、和喜が帰ってくる前に片付けておきたかった用事らしい。今日大学が早く終わったのは、本当にたまたまだった。

「もしいつも通りに帰ってきていたのなら、聖陽さんは父さんの部屋に入ったことなんか俺に言わないで惚《とぼ》けているつもりだったんだろう？　だから俺に言わなかった。違う？」

「帰ってきたら、言うつもりだったよ」

「じゃあ、俺が帰ってきてから部屋に入ればよかったのに…！　一分一秒争うこと？」

「和喜…これ以上何をどう言われても、俺には答えられない。探していたのは、写真。和喜を信用していないとか、そういうことでその写真を探していたわけじゃない」

「だけど」

聖陽は改めて和喜を見つめる。

「ねえ和喜、もし俺が相続放棄しなかったら…この家売っちゃう？」

思いがけない言葉に、和喜は顔を跳ね上げた。それと同時に、感情が爆発する。

「どうして…そんな…！　この家は、父さんと一緒に暮らした思い出が沢山《たくさん》ある。聖陽さんだって、ここで暮らした思い出があるだろう⁉　暮らしていた人間の、歴史が。なのに、どうしてそんなふうに言えるんだよ！」

「…」

「家は古いけど、階段の軋《きし》みや庭の植物、部屋の匂いとか…全てが俺にとって大事なもので、父さんのことを思い出せる場所なんだよ。俺が父さんを独占出来る、唯一の…！」

「和喜」

「何よりも父さんが最後まで暮らしていたこの家が…聖陽さんにとって古くて汚い家かもしれないけど、俺にとってはただいまが言える、帰ってくる場所なんだ」

「…そうか」

「だからもし、相続でこの家をどうにかすることになるとしても、俺はこの家を残したい。聖陽さんはそうやって話をはぐらかして、俺に本当のこと話してくれる気はないんだな」

和喜は吐き捨てるようにそう呟《つぶや》くと、聖陽の言葉を待たずに部屋を出て行ってしまった。

それきり和喜はその夜は自分の部屋から出ることなく、翌朝早く聖陽が起きる前に家を出てしまう。

いつも必ず作られていたお弁当は、その朝にはなかった。

口もきかず、逃げるように家を出た和喜は最悪の一日を過ごすことになってしまう。

もう子供じゃない、そう聖陽に言った自分のとった行動が大人《おとな》げなさ過ぎて大学の授業も碌《ろく》に頭に入らないほど和喜は落ち込んでいた。

授業が終わる夕方になっても気分は最悪で、溜息《ためいき》しか出ない。

結局いつも顔を出しているゼミにも行く気になれずに、和喜は帰宅するしかなかった。

「腹立てて自分の部屋に引っ込んで、聖陽さんのお弁当も作らないなんて」

聖陽だって大人だから腹が減れば外で食べるなりするだろうと判っていても、感情に任せてしてしまった意地悪が時間の経過で次第に不快なものへと変質してしまっている。

朝は確かに腹が立っていて、とてもじゃないが聖陽にお弁当を作る気になれなかった。

きっかけは好意からで、作らなければならない義務なんてそもそも最初からないのだから一日くらい作らなくてもいいだろう、そんな気持ちしかなかったからだ。

だが家を離れてすぐ、八つ当たりで自分が取ってしまった行動に和喜は落ち込んだ。

たとえ自分が腹を立てていたとしても、食事の類《たぐい》は別問題だ。聖陽はいつも和喜のお弁当を愉《たの》しみにしてくれていた。相手にとって生きていく上で必要な事柄を、承知の上でわざとしなかったことは、人間としてしてはならない行為だからだ。

それが時間が経《た》って冷静になってくればなってくるほど、和喜を落ち込ませる。

「…」

父親の部屋で見た、申し訳なさそうな聖陽の表情を思い出すと胸が痛む。

後ろめたいことをしていたから言えなかったと言うよりも、言いたくても言えない…そんな表情《かお》ではなかったか。

もしかしたら聖陽には自分が知り得ない父親との確執《かくしつ》があり、そのことを片付けるためにこの家に訪れたのかも知れない。

「それなら家族のことだけど、俺には関係ないよな。…だから言えなかったのかな。でも、家族だからこそ言えないことってあるかな」

考えてみるが、父親と二人暮らしだった和喜には想像もつかない。

「たとえば親父に女装癖があった…とか？　それなら、言えないし知りたくもないか…。でも、家族なら…認められなくても、受け入れられなくても…知らないよりは、知っていて欲しいし知りたいだろ。そう思うのは、ちょっと違うのかな。俺だったら…」

聖陽がどんな人間でも、和喜は知りたかった。

…どんな人間でも、秘密を抱えている。誰かに告げてしまえばそれは秘密ではなくなるだけで、自覚なく抱えている秘密もきっと多い。

「…」

聖陽と再会し、本当の兄だと思い出してから購入した雑誌がある。書店では恥ずかしくて購入出来なくて、ネットで検索して入手した本だ。内容はいわゆる男性同性愛者の体験談も記載されているハウツー本だ。終始綺麗《きれい》なイラストが入り、どちらかというと女性向けの内容で構成されていた。

ざっと目を通して和喜が判ったことは、男性同士でも恋愛やセックスが可能なことを改めて認識し…そして自分はゲイではないらしいと自覚したことぐらいだった。

読み終わった後は彼が無断で自分の部屋に入るタイプではないと思っていても、恥ずかしさと後ろめたさでタンスの奥にしまい込んでいる。

「秘密ほどではないけど、確かにあれは、聖陽さんには見られたくない…かな」

何故自分が聖陽を特別に意識してしまうのか、少しは判るかも知れないと期待して購入した本だったがその答えとなることは書かれていなかった。

「…」

聖陽のことを考えるだけで、冷静さを失ってしまう自分がいる。

和喜は兄である彼に惹《ひ》かれてしまって、抗《あらが》えない。

「藤堂《とうどう》先輩はあぁ言ってくれていたけど、駄目だろやっぱり」

どれだけ顔が綺麗でも優しくても、彼は兄で、男なのだ。

「違う、兄貴だから俺に優しいんだ」

まるで自分が聖陽にとって、特別な存在かと勘違いしてしまいそうなくらい彼は優しい。

「だから、俺があの人の弟じゃ、なかったら…血の繋がらない」

他人だったら。一緒に暮らすことも、あんなふうに優しくしてもらうこともないのだ。

「あー…どうしてうまくいかないかな」

家に帰りにくい、だが帰らないわけにはいかない。

なるほど、聖陽が心配してくれていたのはきっとこんなことなのだろうと和喜は思う。

「俺以上に、聖陽さんのほうが俺のことを知ってるよなあ。それだけ俺が子供で…ん？」

重い足取りで改札を抜け、駅の売店を通り過ぎようとして和喜は足を止めた。

以前聖陽が探していた、限定品のフリスクが一つだけ残っている。

「すみません、そのフリスク他に在庫ありませんか？」

店の女性に訊《き》くが、残っていたフリスクが最後の一つだったらしい。

和喜はそれを購入して、着ていたシャツの胸ポケットへ入れた。

「…そうだ。もしかしたら駅向こうの店にあるかもしれない」

家にはまだ帰りにくいし、何か手土産《てみやげ》があれば聖陽に話しかけるきっかけが出来る。

「聖陽さんにだって言えないことくらい、あるよな。一方的に責めたことも謝りたいし」

怒ってしまったのは自分からだったが、聖陽に嫌われたくないと想う気持ちのほうが今の和喜の気持ちの大部分を占めていた。

「聖陽！」

「⁉」

その時、和喜の耳に突然飛び込んできた聖陽の名前。

驚いた和喜は、足を止めて声の聞こえた来たほうへと振り返った。

聖陽のことを考えていたから、何かの単語を聖陽と聞き間違えたのかと思ったからだ。

「だとしたら、俺は相当重症な…あ」

立ち止まった和喜から離れた距離で、薄手の淡い色のワンピースを着た女性が誰かに駆け寄っていくところが見えた。その、先に見えた人物。

夕方、利用客の多い駅のコンコース、誰よりも目立つその姿。

「…聖陽、さん?」

和喜の空耳ではなく、本物の聖陽だった。

年齢は短大生くらいだろうか、軽く手を上げて応じた聖陽は笑いながらその髪に触れて撫《な》でているのが見えた。そして女性がいつもそうしていると判る仕種《しぐさ》で腕を絡め、仲睦《なかむつ》まじく歩き出す。離れて立ち止まっていた和喜に、聖陽は気付かない。

「…っ」

和喜は一度自分の手をぎゅっと握ってから、人混《ひとご》みに紛れていく二人を見届けずに彼らとは反対の、自分が向かっていた方向へ逃げるように歩き出した。

女性と一緒にいる聖陽の姿を見てショックを受け、想像以上のダメージに自分自身が驚いている。

「…そうだよな」

聖陽なら彼女がいるのは普通で、むしろいないほうが不思議なくらいだ。もしかしたら今は自分のことで、聖陽のプライベートな部分を犠牲《ぎせい》にさせてしまっているのではないかと和喜は胸が痛む。

「違うか、あの人《聖陽さん》のことは何から何まで、いつも落ち着かない。落ち着かなくて…」

いつも苦しい気がした。なのに、その苦しさは痺《しび》れるような心地《ここち》好さもあって。

「お兄ちゃんと一緒に暮らせて、舞い上がってんのかな」

だがどんな間違いがあっても、自分があの女性の位置に立つことはないのだ。

和喜は自分にそう言い聞かせるように小さく溜息をつく。

駅の反対側に出ると、新しくオープンしたスーパーの宣伝《せんでん》が派手におこなわれている。

「そうか、もう開店してたんだ」

配られていたオープンセールのチラシには、様々な目玉商品が並んでいた。

今朝がいつも通りの朝だったら、このチラシを見つけていたかも知れない。

新しく開店したスーパーのほうが行きたい店より手前にあるので、和喜は先に覗いてみることにした。運がよければ探しているフリスクがある可能性も期待してのことだった。

和喜は買い物カゴはすぐには持たず、大勢の客達の流れに合わせながら出入り口近くにある野菜コーナーから順に覗いていく。

「結構、品揃《しなぞろ》えいいな」

オープンらしく既《すで》に売り切れになってしまって補充が追いついていない商品もあるが、買って帰ってもよさそうな商品も多く目についた。

それから和喜はお菓子のコーナーに向かう。目的のフリスクも数種類置かれていた。

「あれ、これかな」

その中に限定品と書かれたビビッドカラーのフリスクもあり、和喜は駅前で買ったフリスクを胸ポケットから出して同じものか確認する。幸運にも探していた限定品だった。

「そうだ」

フリスクを再び胸ポケットに戻して商品へと手のばした和喜は、どうせ買い物をするなら他のものも購入しようと買い物カゴを使おうと周囲を見渡した。

だが見える場所にすぐ使える買い物カゴが配置されていない。オープンで混雑していることから、通路を広く確保する目的もあって通路途中には置かれていないようだった。

人の流れをよくするために店の入り口と出口が別になっていて、カゴは入り口側にしか置かれていない。和喜はカゴを取りに戻るために、一度出口から店を出る。

突然腕を掴《つか》まれたのは、その時だった。

「お客様、ちょっといいですか?」

「!?」

驚いて自分の腕を掴んだ相手を見ると、酷《ひど》く緊張した表情の三十代くらいの男性だった。

神経質そうなその男は、近所でふらりと買い物に来たようなラフな格好をしている。

「あな…あなた、まだですよね？」

「は？」

何を緊張しているのか男は上擦《うわず》った早口で、和喜は思わず訊き返してしまう。

「まだ、終わってないでしょう？」

「なんのことですか？」

「その、胸の」

胸元を指差され、和喜は反射的に自分の胸元へと手を遣《や》る。

「あ」

そこには、駅前で購入したフリスクが入っていた。

万引きと誤解されたのだと気付き、和喜の肩が跳ねる。

「ちょっと君、事務所まで来て貰えるかな…！」

勝ち誇ったような男は和喜の腕を摑んだまま、事務所へ連れて行こうと引っ張った。

店から出て来ていた他の人間達も、男のヒステリックな声に振り返っている。

「違います、これは駅で…あ」

「！」

そんな人の流れの中で、和喜は一人の女性と目が合った。大学で同じ学部の吉岡《よしおか》だ。

だが和喜と目が合った吉岡は、自分は知りあいじゃないというように露骨《ろこつ》に顔をそむけると、和喜に背を向けて人混みの中から足早に去ってしまう。

「え？ 万引き？」

「やあねえ、若い子は」

周囲から、自分を指差して見る人々の声が聞こえてくる。

和喜は身の潔白《けっぱく》を証明する以前に誤解されたことにショックを受けたまま、強引に店の事務所へと連行されてしまった。

「俺、万引きなんてしてません」

和喜を事務所《バックヤード》へと引き摺《ず》ってきた男は、このスーパーで雇われた万引き専門の警備員《けいびいん》だった。この仕事に就《つ》いて、まだ二ヶ月経っていないらしい。警備員は現行犯で和喜を摑まえたことで、妙に興奮していた。

無理矢理座らされたパイプ椅子の前のテーブルには、和喜が持っていた鞄の中味が全て乱暴に出されている。和喜の了解を得ずに、店長が来る前に警備員が広げたものだ。

「万引きしてないなら、何故この商品が君の胸ポケットに入っていたんだ」

店が忙しい時に余計な仕事で呼ばれて苛立《いらだ》っている年若い店長は、警備員からの報告だけで頭ごなしに和喜を万引き犯だと疑っているため口調も厳《きび》しい。

「だからこれは駅の売店で買ったんです。限定品だと聞いて、もしかしたらこの店にあるかと思って見に来て、あったから他の商品も一緒に買おうとカゴを取りに店を出ただけです」

「商品の出入りが激しい駅の売店に、限定品がいまだに置いているわけがないだろう。そんな嘘でなんとかなると思っているのか？　警察呼んだほうがいいのか？」

「だったら売店の人に訊いてください。俺は嘘言ってません」

何度同じことを訊かれても身に覚えのない和喜は、絶対に万引き行為を認めなかった。

時計を見ると、ここへ連れて来られてもう三時間近く経っている。

「たかがこんなお菓子《かし》一つと、ゲーム感覚で万引きされたら困るんだよ。君、まだ学生だろ？　警察から学校に連絡が行くよ？　こんなことで将来駄目にしたくないだろう？　どうして素直に認めないんだ。現にそうやって商品があるじゃないか」

店の人間はどうしても和喜が万引きしたと認めさせたいようだ。

「やってもいないことをやったなんて、俺は絶対言わない。俺が実際に商品棚から取って、ポケットに入れたところを見たんですか？　俺、商品には触れてないですよ？」

和喜に問われ、近くに立っていた警備員の男は鼻白《はなじろ》む。

「…！　確かに胸ポケットへ入れたのを、確認したんだ」

「最初からポケットに入っていたフリスクのパッケージを確認するのに、取り出して見ただけです。それをまた戻したところを見たんですよ…」

「他人の物を盗んだのに、話をはぐらかそうとしているのか!?」

「やってません。呼ぶなら警察呼んでください。そのほうが話が多分確実で早いです」

和喜を摑まえた警備員は、どうやら短気な男のようだ。和喜の指摘に突然声を荒げた警備員を店長がやんわりと制し、顔を寄せて何か話し込み始めた。

「いえ、そこは…商品を入れたのは見ましたが…」

「それは困ります。もし誤認《ごにん》だったら…防犯ビデオにも…」

「…」

声を抑えた会話は途《と》切《ぎ》れ途切れで、はっきりとは聞こえてこない。だが頑として万引きを認めようとしない和喜の態度に、店側も扱いを持て余しているのが判る。

時間にして数分くらいだろうか、話を終えた店長が軽く咳《せ》き込んで息を整えた。

「あー…君が本当にしてないと言うなら、今回は信じます」

「…」

とても信じていない様子の店長の口調に、和喜は返事をしない。

「規定で必要なので、親御さんか誰か…保護者の人に迎えに来て貰うので、連絡先を…」

続けられた店長の言葉に、和喜は困惑《こんわく》の表情を浮かべる。

「親は、いません。両親が離婚して、先日…父が亡くなったばかりなので」

「他に誰かいないの？　親戚《しんせき》のおじさんとかおばさんとか、迎えに来てくれそうな人。誰かが迎えに来てくれなければ、帰すことは出来ない。もし本当なら、警察を呼ぶしかないよ」

「頼れる親戚は…いません」

誰かと言われて、真っ先に浮かんだのは聖陽だ。だが今は、あの女性と一緒だろう。仮に家にいたとしても、聖陽に迎えに来て貰うのは抵抗があった。

自分は万引きなどしていない、だが店の者に疑われたこと自体恥ずかしかったし、疑われたと聖陽に知られるのも、もしかしたら本当に万引きしたかと思われるのがたまらなく嫌だった。

警察を呼ぶなら、万引きの犯人として引き渡されるのだろう。

そうなればどのみち、聖陽の耳に入ってしまう。

「…」

和喜は思い直す。自分は何もしていない、万引きだってやってないのだからここへ聖陽を呼んでも平気だ。当然聖陽に恥をかかせることもない。

そう決意し、和喜は顔を上げた。

「…あの、迎えに来て貰うのは兄、でもいいですか」

「お兄さん？　成人してる？　今から呼んで、すぐ来て貰える？」

和喜は聖陽に連絡するため、無言で自分のスマホをポケットから出した。

電話口に出た店長から話を聞いた聖陽は、驚くほど早く迎えに来てくれた。連絡をしてまだ三十分も経っていない。

「…！」

いつものほぼ部屋着の私服姿で来るだろうと諦め半分で覚悟していた和喜は、事務所へやってきたスーツ姿の男が自分の兄だとすぐに気付かなかった。

ブルーグレイのワイシャツに老舗《しにせ》ブランドの上品な柄のネクタイ、そして仕立てのよいスーツに身を包んだ聖陽は、髪も後ろへと緩く撫でつけてセットしている。左腕には腕時計を嵌《は》め、スーツに合わせた革靴も磨かれて汚れ一つない。

スーツを着こなしている聖陽は仕事が金融関係か商社マンといった雰囲気で、普段の彼とはまるで別人だった。慌ただしい事務所の中、聖陽の周囲だけが明るく見える。

「聖…、兄さん」

一旦《いったん》部屋の外で店長から話を聞き、再び事務所に入ってきた聖陽の姿に和喜は思わず立ち上がった。そんな和喜に、聖陽は安心させるようにゆっくり頷く。

「店長さんに話を聞いたけど…和喜、本当にしてないんだね？」

迎えに来た聖陽からの改めての問いは、疑いではなく確認の言葉だと判る。

だから和喜も、自分を見つめている聖陽のまなざしを真正面から受けとめた。

「やってない、絶対」

「判った。俺は和喜を信じるよ」

「…！」

和喜からの返事に聖陽はすぐに頷き、改めて店長達へと向き直って丁寧に腰を折った。

「弟がお時間を取らせました」

疑われたのも和喜にとっては全く不本意ではあるが聖陽の迎えもあり、今回は警察と学校に連絡をせず家に帰されることになった。

終始物腰柔らかくそつのない聖陽に対し、店長達の態度は和喜がここで一人でいた時とはまるで違う。聖陽がすぐに信用されたのは、その身なりと肩書きだった。

迎えに来た聖陽は、店長達に一枚の名刺を渡している。

和喜が初めて見た聖陽の名刺には『羽根井《はねい》マネジメントオフィス　経営コンサルタント』と書かれていた。

裏口から店を出ると、日はとっくに暮れてしまっている。

「さて、と。遅くなったね。せっかくだから、どこかで夕飯食べてく？　…和喜？」

「……」

俯《うつむ》いてなかなか歩き出さない和喜の背中を、聖陽は励ますように軽く叩いた。

「疑われたのは残念だったけど、和喜が落ち込む必要ないよ。それで和喜が変わるわけじゃないいんだから。今は悔しくて悲しいかも知れないけど、誤解で他人が判断した評価が自分の評価だと思わないようにね」

今の自分の気持ちを判ってくれる聖陽へ、和喜はやっと顔を上げた。

「……スーツ、持ってたんだ」

「一応ね。相手に信用されるためには、まず身なりが大事だから。迎えに行くのにもしだらしない格好だったら、和喜にも恥をかかせてしまうしね」

「なんか……フツーのサラリーマン、みてぇ。名刺とか、持ってて。あれ、大丈夫なのか？」

聖陽は家にいて会社勤めしていないのを知っている和喜は、もしあの名刺が偽造品《ぎぞうひん》で会社に確認の連絡をされたらと心配になってしまう。

「名刺のこと？　一応本物だから大丈夫だよ」

「……一応？」

「今でもつきあいがある高校時代の先輩の会社で、こういう時用に作ってるんだよ。もし俺宛に電話が入っても、折り返し連絡するようにしてもらっているし。スーツ着るとサラリーマンぽく見える？　……行こう」

改めて促され、和喜はようやく歩き始める。

聖陽は、自分の言葉を信じてくれたのだろうか。それとも、疑っているのだろうか。

そんな不安が和喜の声を後押しする。

「もしかしたら、迎えに来てくれないかと…思ってた」

駅前で女性と待ち合わせていたのを見たから、と和喜は何故か言えなかった。

「えぇ？　どうして？　来るよ、絶対。絶対に迎えに来るよ」

気が抜けそうなくらい簡単に断定され、和喜は食い下がった。

「自分の家族が犯罪者かも、って場所に？　その…誰かと会っていたら」

「それなら尚更。そんなところで一人でいたらきっと心細いだろうし、冤罪《えんざい》だったら疑われたことに腹も立っているだろうし、悔しいし悲しいし」

聖陽の言葉は、事務所にいた時の和喜の気持ちをそのまま代弁してくれた。

「もし連絡を受けた時に誰かと会っていても、急用が出来たからってすぐに迎えに来たよ」

「…俺が万引きしたって、疑わないのか？」

緊張を孕《はら》んだ和喜の堅い声に、少し先を歩いていた聖陽が立ち止まって振り返る。

「だって、してないだろう？　俺は、和喜を信じるよ」

「でも」

聖陽は柔らかな口調で、だがはっきりと繰り返した。

「俺は、和喜を信じる。俺は、和喜の味方。俺は、和喜がそんなことする人間に思えない」

「聖陽、さん…」

「そう言えば…一体何で疑われたのか、訊いてもいい？」

以前と変わらない口調の聖陽へ、和喜はポケットからフリスクを出して手渡す。

「…！」

「駅の売店で、偶然《ぐうぜん》見つけた。他にも在庫がないか店の人に訊いたら、たまたま今日の朝奥の在庫棚から見つかって販売しててそれが最後の一個だった。駅の売店で購入したからシールとかレシートとかないし。その後、店で同じ限定品か確認したのを、間違えられた」

「そうだったのか…」

「でも、わざわざ探したりしてないから…！　たまに何か親切なことしようとすると、碌《ロク》なことない。もう、しない。それも、いらない。…だからそれ聖陽さんに、あげる」

申し訳なさそうな様子が嫌でわざとそんな言いかたをする和喜へ、聖陽は手の中のフリスクをそっと握る。

「ありがとう、和喜。俺のためじゃないかも知れないけど、でも嫌な思いさせて御免」

「…」

もし自分が、聖陽くらい大人だったら。こんなふうに何も悪くない人に気遣いある言葉を選ばせて、謝らせてしまうこともなかったのに。

「…本当はそれ、金払ってないのかもよ」

和喜の言葉に、聖陽ははっきり首を振った。

「もしそうなら、和喜は俺にこれをくれたりしないよ。だから大丈夫」

「…！」

聖陽は顔を上げ、少しだけ和喜へ首を傾《かし》げる。

「でも万が一、何かの間違いで和喜がうっかりした時でも、俺は和喜の味方」

「どうして？」

「どうしてって…それが、家族だからじゃない？　いいとか悪いとかじゃなくてね、無条件で信じて味方になるのが家族。もし悪いことだったら、一番に正すのも」

「…当たり前のようにそう言われると、なんか不思議」

「何が？」

「店では…警察呼ぶか親を呼ぶかどっちかだって言われて、離婚して親父が死んだって言っても親を呼びたくなくて嘘ついてるって思われてた。お店で何度も、やってない、疑われた商品をどうして持っていたのか入手経路を何度説明しても確認すらしてくれようとしてくれなかった。ほぼ確定扱いされてたから。わざわざ犯罪者作りたいのか、って思ってた」

だが聖陽は、和喜の言葉を信じてくれた。それだけで、救われた気持ちになる。

「和喜が万引きしてなかったら、摑まえた警備員さんが間違えたってことになるから意地でもそうしたかったんじゃないかな。店長さんから少し話を聞いたんだけど…和喜を摑まえた警備員さんて、まだ経験浅い人なんだって。…間が悪かったね」

言葉の端々《はしばし》に聖陽のいたわりが感じられて、和喜はくすぐったいような心地好いような…それでいて泣きたくなるような気持ちが混在する。

「聖陽さんがいてくれて、よかった。もし俺一人だったら疑われたままで、誰も俺のこと信じてくれる人がいなかっただろうから。その時に身の潔白が証明出来ても、この悔しい気持ちとかすぐに消えなかった。親しい友人に話出来ても、疑われるかも知れない。…だから」

「…」

好意を寄せていたはずの知りあいですら、店の出口で疑いのまなざしを和喜に向けた。

「ええと…その…俺のこと、信じてくれてありがとう。あの店で俺のために頭を下げてくれた時も、嬉《うれ》しかった。本当に俺の言葉、信じてくれてるんだって判ったから」

「そう？　和喜のためなら、家族として頭を下げるのなんか何でもないからね」

世界中で聖陽以外、和喜のためにそう言ってくれる人間はいない。

「うん。聖陽さんあの時『弟がお時間を取らせました』って言ってくれた。ご迷惑をおかけしました、とかじゃなくて。単純に俺のことであの人達に時間を取らせてしまったことだけを詫《わ》びてた。俺が店に迷惑かけたとは思ってねえぞって…違う？」

和喜の問いに、聖陽は目を細めて頷《うなず》く。

「当たり。和喜がやっていないのなら、迷惑かけられたのはこっち。だけど保護者代わりとして迎えに行ったから、一応あそこで頭を下げただけ」

たとえ聖陽が言うように家族であっても、無条件で信じて貰えるわけではないだろう。

「だから俺は、聖陽さんが俺のことを信用してくれた分、がっかりさせたくない。俺は、聖陽さんの…弟だし。…あぁそうか」

和喜は話しながら突然、自覚する。まるで星のように自分の胸に、落ちてきてしまった。

何故初めて家を訪れた聖陽を強く拒んだのか。兄として彼を認めたくなかったのか。

聖陽は、特別だった。兄だから、家族だからではない。

一人の人間として、強く惹《ひ》かれてしまっている。

気持ちがあの人の弟だからと言いたくない、認めたくない。だから敢《あ》えて自分に言い聞かせるために口にする。聖陽が向けてくれる親愛《しんあい》を、勝手に勘違いしてしまわないように。

いつか独りになった時に、改めて自分のこの想いと向き合おうと和喜は決めた。

「和喜？」

突然立ち止まった和喜を不思議に思い、聖陽が振り返る。

…端正な横顔と、いつも真っ直《ま す》ぐ見つめてくる優しいまなざし。器用そうな…実際器用であろう指先に、時々歌っている鼻歌はハスキーで甘い、耳をくすぐるような息漏れ声《ウィスパーボイス》。

聖陽の横顔が近くにあったことも、あの瞳《ひとみ》に自分が特別に映ったことも、指先に触れたことも…その声で愛の言葉を囁かれたこともない。

それでも聖陽を好きになっていたことに、和喜は自分で気付いてしまった。

「…なんでもない。なあ、家に帰ったらまた…ピアノ弾いて貰っても、いい?」

「勿論《もちろん》、喜んで」

笑って頷く聖陽に、和喜は自分が泣き出さないようにぎこちない笑顔を浮かべるのが精一杯だった。

その夜聖陽が弾いてくれたピアノの音は、彼を好きだと自覚してしまった和喜の耳には切なく甘く聞こえて、長い間涙が止まらなかった。


二人で暮らし始めてから、季節はゆっくりと本格的な夏に向かおうとしている。

父親の四十九日は先日二人だけで済ませ、葬儀に関してはこれで一段落した。

月末に届くはずだった相続に関する書類は、まだ届いていないと和喜は聞いている。

「うわっ⁉」

「何?」

夕食を終えて聖陽が出てくるのを見計らって冷たい麦茶を用意していた和喜は、聞こえて

20

来た声に浴室へ急いだ。

「聖陽さん、どうし…っ！」

何があったのだろうと浴室のドアを開けると、立ってシャワーを浴びていた聖陽が水を止めるところだった。

「途中で水になった…」

和喜に背中を向けていた聖陽の体躯《たいく》はバランスよく引き締まり、その全身が濡《ぬ》れて水滴が伝っていく。今の和喜は、濡れた髪をかき上げる仕種ですら艶《つや》っぽく見えた。

「和喜？」

見惚《みと》れてしまって言葉もなかった和喜は、呼びかけられて我に返る。

以前も聖陽の半裸姿を見たことがあったが、これほど感じたりはしなかった。

「いや…ちょっとびっくりして。…もしかして聖陽さん、結構鍛《きた》えてる？」

意識し過ぎだと自分で判っていても、和喜はしろどもどろになる。

「ん？　あぁジム通いしてたからかな？」

ただのジム通いだけで、あれだけ綺麗な筋肉がつくものだろうか？　だとしたら、きちんとしたプログラムを受けていた証拠だ。腕や腹にたるみもなく、かといって鍛《きた》え過ぎて筋肉ばかりを誇張《こちょう》しているのとは違う。

最初にこの家に来た頃と、聖陽の印象が変わっていく。

「…いいケツ」

惚《ほう》けて見つめてしまったことが照れくさくて、わざとそう言った和喜に聖陽は下半身を隠すことなく腰に手をあててポーズをとった。

「そう？」

「いや、ポーズはいいから。せめて前、隠せよ」

笑いながら浴室から出て来た聖陽へ、和喜はバスタオルを渡す。

意識しないようにしようとすればするほど意識してしまって、聖陽の裸がまともに見られない。彼への想いを自覚してから初めて見たことも、刺激が強すぎた。

「見せちゃってから、今更隠しても。もうだいぶ夏だけど、さすがに水風呂はまだ早いよね。タオル、ありがとう」

「またお湯出なかったのか？　キッチンではお湯出してなかったんだけど。老朽《ろうきゅう》かな…」

「給湯システム、新しくしてどのくらい？」

「えーと、五…六年、は経ってないと思う。漏水トラブルの時に交換したから」

「六年だとしても、老朽はまだ早いんじゃないかな」

「家自体、古いせい…とか？　親父がそろそろリフォームって言ってたけど」

「俺が生まれる前からの家だし、計算しても軽く築三十年以上経ってる。漏水トラブルの時にある程度補修《ほしゅう》していたとしても、これは本格的に手入れが必要かもしれない」

聖陽はバスタオル一枚のまま、テレビのスイッチを入れる。

「風呂から出たら、パンツはけよ…」

「うーん、汗が引くまでもうちょっと。あ、この子可愛いよね」

「…もしかしてその子が好きで、テレビ番組決めてるのか？」

すぐに着替える様子がない聖陽に諦《あきら》め、和喜は麦茶を入れたグラスをソファに運ぶ。

「え？　いや、それほど好きでもないけど。なんで？」

「よくテレビ観てるけど、決まった番組じゃなさそうだから。先週のこの時間、別の番組観てただろ？　だからそう思っただけ。最近人気だよね、その子」

テレビには細く小柄な女性アイドルが、柔らかな髪をまとめて笑っている。この頃名前をよく耳にする、売り出し中の女の子だ。

「先週何観てたかなんてよく覚えてるね…彼女、和喜に似てると思って可愛いな、って」

「…！　いやそれおかしくないか。男の俺に似て可愛いって、アイドル可哀想《かわいそう》だろ…」

「そう？　かな？　でも和喜が女の子っぽいって意味じゃないよ。隣、座る？」

「…うん」

誘われて和喜は一瞬躊躇《ちゅうちょ》するが、断るのも変な気がして聖陽の隣に座った。

聖陽から、洗いたての爽《さわ》やかなシャンプーの匂い。バスタオル一枚の姿なので、聖陽のすらりとしたしなやかな両手足が見えている。

「…聖陽さん、モテそうだよね」

「和喜のほうがモテてるんじゃないかなあ。俺は多分普通」

「否定じゃなくて普通って、どんな規準《きじゅん》だよ…」

あの腕が誰かを抱き締め、求めたことがあるのだろうか。

誰かと、忘れられない夜を過ごしたことも。

「…っ」

聖陽の体を見ているだけで、そんな妄想が暴走しそうになる。性的魅力のある女性に対して感じる本能的な欲求とは違う、もっと子供っぽい感情だった。

「和喜は彼女とか、いないの？」

「いるように見える？」

「どうかな」

「なんだそれ。聖陽さん、こそ。そんなふうに鍛えてるから、女にモテたいのかと」

「ジムに通ってたのは老後に足腰が弱らないためだよ。家にばっかりいるから、少しでも外に出ろって友人にけしかけられて一緒に行ってた。…俺が女の子だったら、和喜を放《ほう》っておかないけどなあ」

「大学生になってから、野郎の痴漢に遭う男でも？」

「えっ⁉ そんなことされたの？ いつ？」

「聖陽さんが来て、少ししてから…かな？　大学の先輩に撃退方法《げきたい》教わってからは、狙《ねら》われてもやられてない」

「うわ、気をつけようがないけど気をつけて」

本気で心配している様子の聖陽を、和喜は驚きの表情で見つめた。

「バカにされるかと思った。ダセーって」

「なんで？　バカになんかしないよ。俺も学生の頃やられてたから、判る。俺の友人の弟も痴漢に遭ってヘコんでたから、励ましたことはあったけどダセーとは思わない。痴漢は一方的な暴力で、やられた側はどんな場合でも責められる必要はないんだから」

真っ直ぐ見つめてそう言ってくれる聖陽の言葉が、上《うわ》っ面《つら》だけではないのが判る。

「…聖陽さんって、優しいよな」

「いや俺は人、選ぶよ。誰にでも安売り出来るほど優しくないから」

「優しいだろ。…だから俺、自惚《うぬぼ》れそうになる。聖陽さんはモテそうなんじゃなくて、タラシ。そんな綺麗な顔で言われたら、誰でもきっと誤解する。手を握って、その声で囁いてキスでもされて好きにならない奴、いないって…えっ⁉」

半分は本音で自棄《やけ》気味にそう返した和喜の手を、聖陽はふいに捉えて指を絡めた。

驚いて顔を上げた和喜の瞳を、もっと覗き込むように見つめてくる。

「じゃあ和喜は誤解しててよ」

そう囁く声は、ハスキーなのにどこか濡れていて。

聖陽の指先が、和喜の頬に触れる。シャワーを浴びたばかりなのに、その指先は冷たい。

「聖陽さ…」

顔が近付き、これ以上正視出来ない和喜は思わず肩を竦《すく》めて目を閉じてしまった。

その額《ひたい》に、しっとりとした何かが柔らかに押し当てられてすぐに離れる。

「…！　はっ…」

キスされると覚悟して緊張していた和喜は、驚きで目を開く。

息を感じるくらいの至近距離に、自分を覗き込んでいる聖陽の顔。

「…和喜の前だけは、少しくらい格好いいおにーちゃんでいたいと思うわけですよ」

「なんだ、それ。…焦った」

今、本当にキスされていたら、好きだと告げてしまいそうだった。

なのに、キスされたいと期待していたのも本当で。

心臓がドキドキしすぎて、この鼓動が聖陽にも聞こえてしまわないかとすら思う。

「驚かせてごめんね。でも、本当。他の誰に嫌われても、和喜には嫌われたくないから」

「…」

すぐに頬《ほお》から離れてしまった聖陽の手が寂《さび》しくて、和喜は手をのばしてソファに押しつけるように摑まえる。冷たい、聖陽の指先。なのに、熱い。

「嫌いになんか、なるわけないだろ…。弟ってだけで、聖陽さんに特別扱いされるなら」

弟だから、好きになることは許されないのに。弟だから、聖陽の特別でいられるなんて。

「和喜」

「聖陽さんに、キ、スされなくても！　嫌いになんか、ならないから…！」

「うん、ありがとう…和喜」

重ねている指に、力が入る。聖陽はただ握り締められているままで、無反応だ。

それが聖陽の気持ちなのだと最初から判っていても、和喜は泣き出してしまいたい気持ちでいっぱいだった。


それからの日々は穏やかに…表面上は、穏やかに過ぎていく平日のある日、聖陽は羽根井を呼び出した。

「珍しいわねー、聖陽《あなた》が私を呼び出すなんて」

「むしろこんな平日の昼間に、ハネさんを摑まえられたほうが珍しいと思う」

「あらやだ、心外だわー。摑まえるために呼び出したんでしょ？　聖陽のためならどんなに忙しくても、時間を作るわよ？　知ってるでしょう？」

「知ってる。…で、どうして待ち合わせ場所がここなんです？」

苦笑しながら見渡した待ち合わせ場所の店は、駅近いカジュアルレストラン。

まだ夕方には届かない時間のせいか、店内は四割ほどの席が埋まっている。

「ここのお店のスイーツが美味《おい》しいって評判なのよ、だから一度食べておこうと思って」

「うわあ。ハネさんちのお抱えシェフが号泣《マジ泣き》しそうなことを、平気でこの人は…」

言われた羽根井は今日も派手なスーツで、彼の容姿と相俟《あいま》ってカジュアルレストランで食事をとるにはかなり目立っているが、本人も、今更な聖陽も集まる視線を気にしていない。

「聖陽、甘いのに目がないでしょ。この頃甘いの食べてる？」

羽根井に言われ、聖陽は首を振りながら苦笑する。

「実はあんまり。和喜が甘いの苦手みたいだから」

「ほーらやっぱり。そんなことだろうと思ったわ。ついでに甘い物食べて帰りなさいよ。話は弟ちゃんの件？」

「んー…まあそんなところ？」

「一緒に暮らしてるの、そろそろ理性の限界？　お相手してあげようか？」

そう言って利《き》き手で独特の卑猥《ひわい》な仕種を見せた羽根井へ、テーブルに頬杖《ほおづえ》をついた聖陽はわざと渋い表情を見せた。

「ハネさんにそんなことさせたら、俺が死ぬ。というか、絶対先に干涸《ひか》らびる」

「褒め言葉よね、それ。やってみないと判らないじゃない？」

「ハネさんがどんだけ凄いか聞いてる。それ以前に俺は絶対女役やらないから、相手にならないでしょ。…ハネさんのお店の子達には、俺達がデキてるって思われてるみたいだけど」

「そういえばそうよねー。聖陽だったらワタシが女役でもいいけど、愉しませてあげられないじゃない。あ、お店の子達にはワタシがそう言ってるの」

「なんで⁉」

「あの店でオーナーのワタシと聖陽が関係があるって言っておいたほうが、変にアプローチされたり個室に連れ込まれないで済むからに決まってるでしょ！」

羽根井の言葉に、聖陽は深々と頭を下げる。

「お気遣い恐縮《きょうしゅく》です。…もし、本当に駄目になったら、その時は慰めてよ」

「了解したわ。ワタシで足りなかったら、日野ちゃんと三人で愉しみましょうよ」

「だからまたそんな恐ろしいことを、さらっと平気で…。念のため言っておきますけど俺、日野とだってしたことないですからね？」

「知ってるわよ、ワタシの本命だもの。他人に対しては繊細なクセに、自分に関しては全くの無粋《ぶすい》で鈍い彼が聖陽とどうにかなってたら、ワタシが気付かないわけないじゃない」

「ですよね…」

「ついでに言うと聖陽は寝ちゃったら、その人はもう友達にしておかないでしょ？　だからワタシ達はまだ友人でいられている。違う？」

「…」

図星《ずぼし》だから、聖陽は困ったように笑ったまま黙っている。本来の聖陽はこんなふうにあまり表に自分の感情を出す男ではないことを、羽根井も心得《こころえ》ていた。

「…でもワタシ達なら大丈夫よ、もしそうなっても聖陽のことを束縛《そくばく》したり支配したり…あなたのもう一歩奥へは踏み込んだりしないから」

「うん、信用してる。ありがと、ハネさん」

「でも…そんな事前予約が必要なくらい、ダメージあるの？　まだ懐いてくれない？」

「その逆。きっかけはあったんだけど…以前よりは距離が縮まって、俺の理性が崩壊寸前《ほうかいすんぜん》」

「後腐《あとくさ》れがないような子、紹介しようか？　何だったら弟ちゃんに似たような子でも…」

羽根井の言葉に、聖陽ははっきりと首を振った。

「いや多分、俺が無理。和喜の代わりに、誰かを抱けない」

呟く聖陽に、羽根井は苦笑混じりで溜息をついた。

「好きすぎちゃったのね」

「いい言葉だね、それ。本当にそうみたい。この間もついうっかりキスをしそうに…」

「ケダモノ」

「…なったんだけど、しなかったの！　バスタオル一枚だったから、本気でヤバかった」

もしあの時和喜が目を閉じなかったら、聖陽は唇にキスをしてしまっていたはずだ。

「状況が判らないわ。好きな弟ちゃんの前で、なんでバスタオル一枚でいるのよ…まさか襲《おそ》おうとしたの？」

「違う、俺が風呂上がりだったから」

…あの時、重ねられた手をどれだけ握り返したかったか。

自分に向けられる和喜のまなざしが正視出来なかったのは、邪《よこしま》な想いを抱く自分だ。

「いい子なんだよ、本当。親父がどれだけ和喜を大事に育てたのか、よく判る。…だからこそ、腹が立ってしかたがない。あんのクソ親父」

「何？　弟ちゃんの話だけじゃないのね」

オーダーを取りに来た店員に注文してから、聖陽はブリーフケースから書類を出した。

「それだけなら、忙しいハネさんを呼び出したりしないよ。紹介して貰った司法書士さんに遺産相続の手続きを頼んでいたんだけど、とんでもないのが出て来た。親父、親が工場経営してる生徒の家の連帯保証人になっていたんだ。その工場が倒産して、かなり大きな負債《ふさい》がある。調べたら実家も抵当に入ってた」

「どのくらいの金額なの？」

「負債額は四千万。和喜が受け取れる親父の生命保険も一千万程度しかない。他はせいぜい数万程度にしかならない株券と、学校《職場》の厚生積み立て関係と和喜の学資保険だけ。仮に家の処分まで含めて親父が遺《のこ》した貯金・資産を全部処分をしても、二千万に足りない」

「聖陽はマンション所有してるんだし、弟ちゃんに事情話して二人で相続放棄しちゃえば？そうすれば、借金の支払い義務もなくなるでしょう？」

「…和喜に、家を残してやりたいんだ。和喜にとっては親父が唯一の家族だし、思い出が全部詰まっているのがあの家だから。相続放棄したら、家も手放さなければならなくなる」

「なるほどねぇ。ちょっとタイミングが悪いのね…それで、ワタシは何を協力すればいい？必ず叶《かな》えてあげるから、何でも言って頂戴。恩人である聖陽の力になれるなら喜んで」

心強い羽根井の言葉に、依頼の説明をした聖陽は深く頭を下げた。

「…すみません、助かります。本当は俺が、その金を動かせればいいんだけど」

「了解よ、なんとかしてあげる。今の家のごたごたも、早く落ち着くといいわね。それがなければ私にそんな頼みごともしなくて済んだのに。皆、聖陽に責任のないことばかり。ちょっといいお兄ちゃんが過ぎるんじゃない？」

「うーん…俺で出来ることがあってよかったって、思ってるくらいは呑気《のんき》だよ。でも和喜に対してはお兄ちゃん役を降りてもいいなあ」

「見返りを求めようとしないところが聖陽らしいけど。そんなにしてもらえちゃう弟ちゃんが羨ましいわ。…案外向こうも、聖陽と同じ気持ちの可能性だってありそう」

「まさか。それはないよ。勘のいいハネさんの言葉でも、今回だけはあり得ない」

「…」

そう自分に言い聞かせる聖陽の横顔を、羽根井は無言で見つめた。

「遅いな…」

和喜は何度目か判らない時間を確認して、深い溜息をついた。

夕方大学から帰って来ると、聖陽は友人に会ってくるからと一枚のメモを残して外出していた。遅くなるかも知れないからと書かれていたが、遠くからかすかに響いていた終電の音が聞こえてきてからもう随分経つ。

「さすがに遅くないか…？　いや、大人だからそうでもないのか」

聖陽が帰ってくると判っていても、一人で家にいると不安になる。生前の父親が殆ど深酒をしなかったので、夜に遅く家族が帰ってくる慣れがないせいかもしれない。

一人のご飯も美味しくないし、テレビをつける気にもなれなくて和喜は自分の部屋に戻ってしまっていた。

「…」

帰宅を待つならリビングにいてもいいのだが、そこには聖陽の気配が残っている。

ソファに座っていると聖陽のことばかり考えてしまい、かえって落ち着かなかった。

和喜はベッドから起き上がってバルコニーに出た。ここからなら、家の前が見える。車通りの多い道から少し奥へ入った住宅の並ぶ一軒家なので、帰宅する者以外は通らない道だ。車でも徒歩でも、帰って来ればすぐに判る。

「終電過ぎてもまだ帰って来ないなら、徹夜《オール》で飲んでくるのかな…」

二階から見える静かな住宅街、ぽつぽつとまだ灯《あか》りが見えた。夜も遅いので既《すで》に眠りについている家もあるが、その灯り一つひとつに誰かが暮らしていると思うと不思議な気持ちになる。

「あの人もこの家へ来る前は、誰とどんな生活していたんだろう」

こうして外を見ていると、幼い頃によくここで父の帰宅を待っていたことを思い出す。

「聖陽さん、ずっとこの家にいてくれたらいいのに」

相続の手続きが落ち着いたら、改めてお願いしてもいいだろう。…あるいは同居を続けず聖陽と離れて暮らすようになれば、熱病のようなこの想いは落ち着くかも知れない。

「でも…離れて暮らすほうが、今の俺は多分辛い。あの人、間違いなくモテるだろうし」

駅前で女性と会っていたところも和喜は見ていた。

男の自分ですら、こうして惹かれてしまっている。自分が弟である以上、恋人のように愛しあうことはかなわない。だからせめて唯一許されたこの場所で一緒にいたかった。

「駄目元で、頼んでみようかな。家は古いけど、二人で暮らすには充分な広さだし」

夏の夜は、こうして遅い時間になっても湿度が高く蒸し暑い。今夜は風もなかった。

「暑…」

しばらくぼんやりと外を見ていた和喜だったが、じっとりとする暑さに辟易《へきえき》して部屋へ戻ろうと体の向きを変えた。

その時、駅の方向から一台の車が近付いてくる。最初はヘッドライトの明るさで判らなかったが、タクシーだと気付いた和喜は部屋へ入りかけた足を止めた。

「聖陽さん、帰って来たのかな…」

タクシーが家の前で止まり、スーツ姿の背の高い男が先に降りた。

続いて先に降りた男から差し出された手を笑って受けながら、聖陽がタクシーから降りてくる。タクシーがすぐに出発しない様子から、聖陽を先に降ろして帰るようだ。

だが男はすぐにタクシーに乗り込まずに、和喜に背を向けている聖陽と話し込んでいる。

一緒に降りて来た相手は誰だろう。気になってバルコニーの手擦《てす》りから身を乗り出した和喜に、男が気がついた。

「…っ」

今間違いなく目が合った、はずだ。だが男は和喜に気付いていていない素振りで、聖陽に耳打ちする。何の話をしたのか笑いながら肩を竦めた聖陽に、男はそのまま口付けてしまう。

「！」

聖陽に恋人のようなキスをした男は、真っ直ぐ和喜を見ながら聖陽の背中に手をまわす。抱き寄せられた聖陽もまた、抗うことなく素直に応じている。

すぐに聖陽を解放した男はタクシーに乗り込み、聖陽も応じて手を上げて出発するタクシーを見送ってからやっと家へ入った。

「ただいま、和喜」

「…」

そして帰宅した聖陽はいつもと変わらない。今見てしまったことのほうが、幻のようだ。リビングでいつもと様子が違う和喜に、聖陽が首を傾げる。

「…和喜？」

どうしたのだろうと、和喜に手をのばす。頰に聖陽の指先が触れ、和喜は肩を弾ませた。

「今の人、恋人…？」

「え？　いや、今一緒だったのは友…」

言いかけ、聖陽の言葉が途切《とぎ》れる。

「友達と、あんなキスするんだ…？　聖陽、さんは、女の人とつきあってると思ってた」

男とかわしていたキスは自然で、あれが初めてとはとても思えなかった。

「…軽蔑《けいべつ》する？　それとも、男とキスするのが平気な俺が同じ家にいると気持ち悪い？」

「…っ、違う！」

聖陽の問いに和喜は強く首を振る。

「そんなふうになんか、思わなかった。ただ…」

キスをしていた二人を見た瞬間、心臓が鷲掴《わしづか》みされたようだった。

今の自分の気持ちをどうしたいのか、どう伝えたいのか和喜自身判らなくてもどかしい。

あの男は和喜がバルコニーにいることに気付いて、わざと聖陽にキスをしたのだ。

だけど何故、和喜を挑発《ちょうはつ》したのだろう。和喜には、その理由が判らない。

「御免、和喜」

「…なんで、謝るの。聖陽さんは、男でも大丈夫…なんだ」

「うん」

聖陽の返事は潔《いさぎよ》く、簡潔《かんけつ》だった。

和喜はいつの間にか握り込んでいた自分の手に力が入る。作った握り拳《こぶし》の指先が白くなっていても、和喜は力を緩められなかった。

「じゃあ…もし、俺が聖陽さんの弟じゃ、なかったら」

言うな、という声が自分の中から聞こえる。判っている、だけど。

帰り際、当たり前のようにキスをした男は聖陽の手を軽く柔らかに握っていた。

そして聖陽もまたそれがいつものことのように自然に握り返していた。

もしこれが男女のカップルだったら…否、男であっても恋人同士にしか見えない。

自分は、聖陽の手に触れただけだ。それだけで、あんなにドキドキしたのに。

「…」

聖陽は、和喜の手を握り返してはくれなかった。

「ずるいよ…」

だから、言葉が零れ出てしまう。

「…俺は、聖陽さんの弟ってだけで、諦めなきゃいけないのに」

「和喜?」

「聖陽さん、男でも守備範囲なのに。聖陽さんに触れることも、キス、することも俺は駄目なんだ。…世界中で俺だけが、許されないなんて。そんなの、ずるいだろ…」

「キスの目撃は、刺激が強すぎた?」

聖陽の手が再びのばされ、和喜の頰《ほお》に触れた。

「…っ」

「目を開けて、和喜」

囁いているのに、濡れている聖陽の声。こんな声で自分の名前を呼ばれたら、どうにかなってしまいそうになる。

「和喜に触れてもいい？　キス、しても」

「訊いて、もし俺が嫌だって言ったら、しない…んぅ…」

聖陽は和喜の言葉を最後まで聞かずに、唇を口づけで封じた。初めて触れる聖陽の唇も冷たくて、なのになぞる舌は想像以上に熱くて和喜は思わず唇を開く。

その隙間《すきま》に聖陽の舌が滑り込み、和喜の口腔内《こうくうない》を我が物顔で蹂躙《じゅうりん》する。

「…っ、は…」

キスは、これが初めてじゃない。相手は女の子だったが、唇が重ねられた瞬間から体の奥に火が熾《おこ》るような経験は初めてだった。

一歩後ろへ下がった和喜は、恥ずかしくて濡れた唇を乱暴に手の甲で拭《ぬぐ》う。

「…酒臭《くせ》え」

「飲んできたから。…酔っ払いだから、理性の強度が殆どない。だから教えて、和喜。今夜は、和喜の兄貴をやめてもいい？　このまま続けて、和喜を愛しても…いい？」

「酔っ払い…。溜《た》まってんの？」

強がりを言ってみるが、声が震えてしまう。これから先にある、欲望と期待に。

「和喜に欲情してんの」

「俺が…男でも？」

自分の兄貴が外で男同士でキスをしていた刺激に、変なスイッチが入ったのだと聖陽に思われたのだろうか。そんなに、物欲しそうにしてしまったのかも知れない。

だけど和喜は聖陽と体を重ねられるのなら、酔った勢いでも同情でもかまわなかった。兄弟ではなく、違う何かで繋がりたかった。こんな機会、おそらく二度とない。

「和喜じゃなかったら、俺は弟に欲情なんかしない。…今夜は全部酔っ払ってる俺のせいで、和喜のせいじゃないから」

「…」

聖陽の囁きに和喜は自分から彼に触れ、そして口づけを重ねた。

「んぅ…ぁあ…っ」

濡れた音が、リビングに響く。

和室の襖《ふすま》を閉めたのは、聖陽だった。ベッドがある自分の部屋に行く？　と訊いた和喜に、聖陽は困ったように笑った。

「…和喜の部屋に行くまでに、多分理性が戻って来ちゃう」

そう言って聖陽は和喜をソファに座らせ、自分の上着を脱いだ。

繰り返しキスを重ねているうちに、聖陽の手がフロントが広げられたズボンの中に滑り込んできて、和喜は応じて自分から膝《ひざ》を開いた。

「…若いね」

聖陽の利き手が和喜自身を、容赦《ようしゃ》なく追いたてていく。下着ごとズボンは脱がされ、着ていたシャツの中にもいつの間にか聖陽の手が入り、冷たい指先が乳首を弄《もてあそ》ぶ。

「言うほど、そんなに年齢《とし》の差はない、だろ…んぅっ…」

強がる和喜に聖陽は小さく笑って、自身で敏感な部分を爪《つめ》でわざと意地悪に擦《こす》る。

「ほら…反応がいいのは、若い証拠だと思う。開発されてないのに、感度がいいし」

「AVの、俳優みたいなこと言うな…」

「わざと言ってるの」

慣れている聖陽に恥ずかしくて、だけど殆どないに等しい経験値では心強い。そんな心情がない交ぜになっているのと、同じ男性の手に触れられて反応している自分に和喜は少なからず驚きがあった。

「聖陽さん、じゃなかったら…こんなにならない…」

「うわ…泣きたくなるようなこと言わないで」

本当に泣きそうなの聖陽の表情に、和喜は思わず見惚れてしまう。

「え…ぅわ⁉」

潤《うる》んだ熱っぽい瞳で囁いた聖陽は、和喜の両膝を開かせるとそこへ顔を埋《うず》めてしまった。

「んぅ…！　や、聖…さ…」

自身を濡れて熱い口腔内で包まれるダイレクトな刺激に、我慢するのに抑えようとする声が鼻に抜けて物欲しそうに響く。恥ずかしさに思わず目を閉じた和喜だったが、かえって耳に響いてしまう自身を愛撫《あいぶ》してくれる濡れたリアルな音に耐えかねてすぐに目を開けた。

「…っ！」

眼下に見えたのは、自身に奉仕《ほうし》してくれる聖陽の顔。整った顔と長い睫毛、そして自分が今どんな状況なのか和喜は一瞬で理解してしまう。その刺激に、自身が反応した。

「あっ…駄目…！」

羞恥《しゅうち》で思わず自身から引《ひ》き剝《は》がそうとする和喜の手を聖陽はやんわりと退け、抗えないように指を絡める。思わず指先に力が入ってしまう和喜の指を、聖陽は受けとめた。

「恥ずかしいなら、目を瞑《つむ》っててていいよ。…誰か好きな人にされてると想像してて」

「聖陽さんの、表情がエロ過ぎて…誰かなんか、想像出来るわけ、ないだろ…！」

好きな人はあなただ、そう言いたくても言えなかった。

何故なら本気じゃないから、こうして貰えている…だって、自分達は兄弟だ。

その事実だけは、どう抗っても変えられない。

「…っ」

和喜はそれ以上考えたくなくて、頭を軽く振って今の状況だけに集中する。

罪悪感で苦しいのに、聖陽とこうしている高揚感に体が痺れている。

口で奉仕されたことで和喜はあっという間に自身が変貌《へんぼう》し限界を迎えていた。

「も…駄目、聖陽さん、出る…っ」

「いいよ、全部飲むから」

「やだ…！　このまま、したら…恥ずかしくて、死ぬ…」

「死なないよ、ほら」

和喜は自身を解放したくて自分から聖陽を離そうとするが、許して貰えない。

「や、だって…あ…く…っ！」

ふいに先端に歯を立てられて、強く吸われる。堪《こら》える時間もあればこそ、同時に添えられていた手で一際強く扱《しご》かれたことで和喜はあっけなく達してしまった。

射精《しゃせい》の快楽に全身が震え、そのエネルギー全てを聖陽は嚥下《えんか》する。

「苦…」

そう言って自分の唇を拭う聖陽の仕種が妙に挑発的で、和喜はそんな姿にも惹かれてしまいながら涙を浮かべたまま上目遣いで睨《にら》んだ。

「…たりまえだろ、バカ…！　何で飲むんだよ…」

「和喜のだから。他の野郎のだったら、絶対吐《は》く」

「嘘つき…。慣れてる風、だったじゃないか」

「和喜よりちょっとだけ年上だからね。…どうする？　もう一度手でする？」

「…聖陽さんは?」

「俺はいいよ、和喜が気持ちよければ」

「それじゃあただのフェラで、セックス、じゃない…だろ。聖陽さんが俺にしたこと、俺にもさせて。聖陽さんみたいに巧くは出来ない、と思うけど」

「和喜に同じことしてもらったら、恥ずかしくて死ぬ」

「だから! さっき俺もそう言ったよ⁉ 俺も聖陽さんに…触れたい、んだよ」

「和喜」

恥ずかしくて、頰が熱い。だけど、後に引けなかった。

「もしかしたら、聖陽さんが考えた以上に俺が経験値低くて、ビビらせちゃってるかも知れないけど…! 男同士でどうやるのかは、知ってる。…だから、聖陽さんが嫌じゃなかったら、最後まで…俺に教、えて」

「和喜が想像してるより、キツいよ」

感情を抑えた聖陽の声に、和喜ははっきりと首を振る。

「聖陽さんがくれる痛みなら、辛くない。俺が相手だと、駄目かな。萎《な》える?」

そんなつもりはないのに泣き出しそうな声になってしまう和喜の手を、聖陽が捉《とら》えた。

その手を自分の下肢《かし》へと導いて、布越しに触れさせる。

「…和喜」

「え？　あ…」

布越しでも判る聖陽自身の昂《たか》ぶりに、意味を察した和喜の頬がさらに紅潮した。

「これでも、和喜とやりたくないと思う？」

聖陽も照れくさいのかいつもより早口にそう告げると、手を離して立ち上がった。

「聖陽さん…？」

「待ってて」

不安そうに見上げる和喜の前髪に口づけ、近くにあった自分のバッグから中サイズのクリームボトルを取り出す。

「それ、何？」

「潤滑剤《ローション》がないから、代わりのワセリン。ハンドクリームとして使ってた。…足、上げて」

「ん…」

和喜は聖陽に言われるまま、ソファに片足を上げて膝を開く。ボトルからワセリンを掬《すく》った指が奥の花弁《かべん》へと伝い、ゆっくりと侵入してくる。

「指、気持ち悪い？」

初めて触れられる違和感はあるが、気持ち悪さはない。むしろ、その逆だった。

同時に果たしたばかりの和喜自身にも再び聖陽の手がかかり、前後からの刺激に無意識に腰が物欲しそうに揺れてしまう。

「大、丈夫…聖陽さんの指、冷たいのに熱い。俺も、聖陽さんの…触らせて」

「…」

のばす和喜の手をとり、聖陽はキスをしようとして唇に触れる直前で思いとどまる。

「…と、さっき口でしちゃってるからキスは駄目か」

「いいよ、してよ聖陽さん。どうせ自分の味だろ…んぁ…ぅ」

和喜は返事を待たずに聖陽の首へと手をまわし、自分から口づけた。応じてくれる聖陽の舌使いに翻弄《ほんろう》され、和喜はもっと縋りつく。ソファの背もたれから浮かんだ背に、聖陽の手がまわされて強く抱き締められる。その腕の強さだけで、気が遠くなりそうだった。

「ふぁ…あぁ…」

本数が増やされた指が、淫らに濡れた音を伴《ともな》いながら和喜の秘所を行き来している。その指が敏感な部分に触れる度に、和喜はせつない吐息を零した。

「和喜、そんな甘い声で鳴かないで」

「鳴いて、ない…それ、もう…やだ」

「うん」

涙目で訴える和喜の懇願に聖陽は指を引き抜くと、腕の中の弟をソファへ向き合うように俯せにさせる。受け入れやすいように膝を広げさせた聖陽の手が、背後から和喜の内腿《うちもも》をなぞり上げていく。そして和喜自身に絡むと、扱いて追いたててやりながら熱っぽく囁いた。

「最初キッツイかもしれないけど、ゆっくりやるから」

「…っ」

ソファに寄りかかることで下半身を聖陽に突き出すような今の自分の格好を思うと、目を開けていられない。羞恥で目を閉じた和喜の耳に、聖陽がベルトを外す音が聞こえた。

「…力、抜いてて」

さっきまで聖陽の濡れた指が侵入していた場所に、熱い先端が押しあてられる。

「うん…ぁ、あぁ…！」

それが聖陽自身だと判るよりも早く深く奥へと穿《うが》たれ、和喜は聖陽の腕の中でその愛撫に全てを預けた。


翌朝、初めて彼を受け入れた痛みでベッドから起きられない和喜に、聖陽はカラフルなサンドウィッチを作って食べさせてくれた。一緒に出されたホットミルクは甘いメープルの匂いで、初めて体験する体の奥に感じる疼痛《とうつう》を少しだけ和《やわ》らげてくれる。

…行為の後、聖陽に抱きかかえられるようにして浴室に行き、全身と…それから体の奥へと注がれた精液をシャワーで丁寧に掻《か》き出して貰った。

処置してくれる聖陽の指が秘所に触れただけで感じてしまい、和喜は自分からねだって浴室でも彼に抱かれ、その腕に溺《おぼ》れた。

そして聖陽も和喜の求めに応じ、何度も体を繋げて弟を愛した。

「聖陽さん…ぁあ、あ…！」

繰り返し彼の名前を呼ぶだけで下半身に熱が集まり、自分がどんな声で喘《あえ》いで聖陽を求めたのか思い出そうとするだけで、和喜は羞恥で死にそうになる。

どれだけ無我夢中《むがむちゅう》でいたのか、昨夜は相当な無理をしたのだと全身が筋肉痛のような痛みが朝になってから和喜に訴えていた。今日は、大学へ行くのは無理だろう。

「無理させて、御免」

朝食の後、一緒に貰った鎮痛剤《ちんつうざい》が効き始めた和喜に、ベッドに腰かけて様子を見てくれていた聖陽がすまなそうにそう呟いた。

「違…」

聖陽のせいではないと言葉にならないまま、和喜は眠りに落ちてしまう。

…同情でも、聖陽に抱かれた。謝るのは、自分のほうだ。

朝になって逆上《のぼ》せた血が落ち着いて理性が戻って冷静になってくると、自分が何をしてしまったのか客観視出来る。

自分だけではなく、彼にも罪を負わせてしまった悔恨《かいこん》に和喜は泣き出したくてたまらない。

どんなふうに聖陽に詫《わ》びたらいいのかも、判らなかった。

それなのに、聖陽と結ばれた悦《よろこ》びも和喜の体の中に深く刻まれている。

まるで、甘美《かんび》な毒薬だった。

行為の翌日は体がままならなくて、和喜はその日は結局一日ベッドで過ごした。これから
どんな顔で聖陽を見たらいいのか判らない和喜にとって、幸いな体調だったとも言える。

「今日は一日、ゆっくりと寝ていたほうがいいよ」

だが聖陽のほうはこれまでと変わらない様子で、そんな兄の態度に和喜は半分だけ安心して、残りの半分は複雑だった。

「聖陽さんの場合、俺と気まずくならないように…わざといつものふりをしてくれてるのかも知れないし」

それだけ聖陽は大人で、実際そうしてくれる人なのだと和喜は暮らすうちに知った。

自分と関係を結んでしまい、聖陽はどう思っているのだろう。

「知りたいけど、怖くて訊けないだろ…」

部屋で一人になった和喜はタオルケットを頭から被って潜り込み、両手で耳を塞《ふさ》ぐ。

そのまま目を閉じると、かすかに聞こえる物音で階下にいる聖陽の気配を感じた。

「俺、自分のことでいっぱいいっぱいで聖陽さんが達《イッ》したのかも、知らない」

聖陽の前で曝《さら》した自分の痴態《ちたい》も、思い出すだけで恥ずかしさで絶叫《ぜっきょう》したくなる。

「…っ」

それと同時に彼の指や唇、力強い腕や強靱《きょうじん》な下半身も鮮明《せんめい》に思い出されて、和喜は反応してしまった自分自身に小さく呻いた。

…あれは、嫉妬《しっと》だ。知らない誰かと…しかも相手は同じ男で、キスしていた姿に嫉妬をして、持て余した自分の感情をそのまま聖陽にぶつけてしまった。

「あー、もう…何やってんだろ、俺」

聖陽と体を重ねて満たされた部分と、同時にもしかして何か大切なものを喪失《そうしつ》してしまったのではないかという不安が和喜の中でずっと交差している。

「喪失したのは、聖陽さんと普通の兄弟じゃなくなったことだろ。このまま日常が過ぎて、昨夜のことがあの人の中で希薄《きはく》に…むしろ酔った勢い的なあれで忘れてくれないかな」

和喜の中では、なかったことにしたくはない。だから悩ましかった。

「…俺は、絶対覚えてるけど。むしろ、全部俺の妄想《もうそう》だったらよかったのに」

一日ベッドの中で悩んでも和喜の中でいい解決案は出ず、翌朝少し遅めに階下へ下りた。

「おはよう、和喜」

「…おはよう」

そして、関係を結ぶ前と変わらない聖陽の柔らかな笑顔。一日経っても感じる倦怠感《けんたいかん》と、燻《くすぶ》るように残っている体の奥の痛みさえなければ和喜の妄想かと思えるほどだった。

これまでと変わらない聖陽の態度に複雑に思う半面、安心もある。だけど、まともに顔が見られない。自分がどんな表情を見せているのか判らなくて、目も合わせられなかった。

「…」

「…和喜」

俯き加減だった和喜の前髪に、聖陽の指が触れる。

「…っ⁉」

和喜は額に触れられた驚きで、思わず後退《あとずさ》ってしまった。

聖陽は驚いた表情で、和喜へと指をのばした状態のままその場で立ち竦《すく》んでいる。

「あ…」

今日初めて目を合わせた聖陽は少し困ったように笑っていて、和喜の胸を打つ。

和喜は怯《おび》えてしまった自分に恥ずかしくなりながら、ぎこちなく目線を逸らした。

あからさまな拒絶にも見えた自分の行為に、聖陽を傷つけてしまったかも知れない。

「…まだ、少し熱があるみたいだから。今日、大学行く？」

「夏休み前、で…課題も出るし授業に遅れるとヤバい、から」

起きて来た和喜が熱っぽい様子に、聖陽が心配してくれたようだった。

「無理しないようにね」

「…判ってる」

和喜は緊張しすぎて、聖陽へぶっきらぼうな態度を取ってしまう挙動不審《きょどうふしん》な自分に内心毒づく。こんな態度を見せてしまっては、優しい聖陽を傷つけてしまうと判っているのに。

「ご飯、俺が作ったんだけど一緒に食べる？」

「…うん」

聖陽の誘いに和喜は小さく頷き、ダイニングの自分の席に腰を下ろした。

和喜が席につくのを待って、聖陽がご飯をよそってくれる。

「あぁそうだ。…これからしばらく、夜が遅くなるから。先にご飯食べて寝ててね」

「え…？　うん…」

あまりに自然にきりだされた言葉に、今の和喜はただ頷くしか応じられなかった。

聖陽の態度に異変《いへん》があったのは、その翌日からだった。


聖陽は夜に、家を空けるようになった。

和喜が大学から帰ってくるのと入れ違うように外出し、朝は始発を待って帰宅する。

そして一緒に朝食をとって、和喜を大学へ送り出してから就寝しているようだった。

和喜の帰宅が遅くなると、その夜はもう会えない。

一緒にいられる時間は朝食の時くらいで、最初はそのことに少なからず安堵《あんど》していた和喜も、二週間を過ぎる頃にはさすがに不安になってしまう。

「友人の仕事の手伝いをしてる。変な仕事じゃないから、大丈夫だよ」

出かけて何をしているのか訊いた和喜に、聖陽はそう言って笑って教えてくれた。

…時々、飲酒をして帰って来る。朝に帰って来ても、朝食をとらずにソファに寝崩《ねくず》れてしまうことも度々あった。判っているのは、出かけて帰って来るといつも酷く疲れている。

それ以外は、いつもの聖陽だった。…と、和喜は思っていた。

正確には、それ以外の聖陽を和喜は知らなかったからだ。

「…だけど」

聖陽は何処《どこ》に出かけて、一体何をしているのか。夜に出かけるようになったのは、もしかしてあの夜が原因で避けられてるのでは…と、和喜は不安が募った。

「もし俺のせいで、聖陽さんに無理に外で時間を潰《つぶ》させていたら」

そんなことを聖陽にさせてしまうくらいなら、自分がコンビニか何処《どこ》かで夜のバイトをしたほうがずっといい。学生なので朝までの時間は無理だが、駅前で夜の十一時ぐらいでも違うだろう。どうせいつも十二時を過ぎる頃には、二階の自分の部屋に行くのだ。

「聖陽さんが気を遣う必要なんかないだろ…」

あの夜のことを、聖陽は口にしない。和喜もまた、何一つ聖陽に訊けなかった。

なりゆきでそうさせてしまったことも詫びたいと思っていても、自分から踏み込むことで聖陽が本当に家を出て行く決断のきっかけになるかも知れない。

そう思うと言い出せないし、自分は実の兄と関係を持ったことを後悔していないと告げることで、もっと聖陽を追い詰めてしまうのではないかと怖かった。

「小さい頃から一緒に暮らしてたら、相手がどんなことを考えてるのか判ったのかな。こんな気持ちにも、ならなかったかも知れない」

尊敬する兄として、いてくれた可能性だってあったのだ。むしろその確率のほうが高いだろう。優しい、聖陽。彼のことを考えるだけで和喜は泣きそうになる。

「俺、あの人の好きなものも、フリスクしか知らないし」

そのフリスクでも、聖陽に迷惑をかけてしまっていた。

「…とにかく！　俺がここでヘコんでたって、状況は何も変わらないんだから。もし聖陽さんに無理に夜外出させてしまっているなら、気の毒すぎる。…あの人は何も悪くないのに」

だけど本当に、夜は何処に出かけているのだろう。

「え？　尾行《びこう》の方法？　片桐《かたぎり》、ストーカーでも始める気か？　向かないからやめとけば」

考えあぐねた和喜が相談したのは、ゼミの先輩の藤堂《とうどう》だった。

広い屋外ラウンジで一緒にランチをとりながら、あんまりな先輩の言葉に和喜は渋面を浮かべる。相談された藤堂のほうは頬杖をついて、呑気《のんき》に雑誌をめくっていた。

「違います。その…一緒に暮らしてる家族と、ちょっとあって。それからほぼ毎日ずっと一晩中家を空けるようになってしまったから気になって。それまでは、家にいた人なのに」

「家族？　片桐、亡くなったお父さんと二人暮らしじゃなかった？」

「あ、えーと兄貴がいたことが判って。今、その人と一緒に暮らしてるんで…す」

自分の動揺が気付かれないかと内心焦りながらの和喜へ、藤堂が雑誌から顔を上げる。見ていたのは男性向けの情報雑誌だ。広げた頁《ページ》には、携帯端末の特集が組まれている。

和喜が年の近い友人ではなく、年上の藤堂を相談相手に選んだのは二つ理由があった。

一つは彼が同性愛に対し偏見《へんけん》がないこと、今の和喜は教室で一緒にいる友人達にはとても言えないし相談出来ない。そしてもう一つは、藤堂が持つフラットな雰囲気だった。

彼にならば他の人に言えない内容でも、気軽に相談出来る。博識《はくしき》で聡《さと》い藤堂はそんな和喜に過不足なく助言を与えてくれるし、その内容について必要以上に深く踏み込んでこない。

相談を持ちかければ受けてくれるが、彼自身それ以上もそれ以下も興味を示さなかった。

人によっては藤堂のそのフラットさは、捉えどころがない人物と言う者もいる。

だが和喜には聖陽を知る前の、年の離れた兄か従兄《いとこ》のような頼れる存在だった。

彼に懐き、真面目《まじめ》で少し不器用な和喜だからこそ、藤堂に気に入られて可愛《かわい》がられていることに和喜自身は気付いていない。

実際の藤堂という人間はかなりクールな思考の持ち主で、つきあう相手を選んでいる。

「片桐の兄貴なら、もう成人してるだろ？　心配ないんじゃないか？　もしかしたらこれまで、そういう生活だったのかも知れないんだし」

「それは…そう言われると、そうかも。俺、兄貴がこれまで何してたか知らなくて」

「でしょ。もしかして、その人とこれからもずっと一緒に暮らす予定？」

それならお互いに譲歩《じょうほ》しあった生活の必要があるから、と藤堂は続けた。

「…判りません。親父の遺産の整理をするまでは、家にいてくれる話はしてましたけど」

言われ、藤堂は指を折って数える。

「ん？　親父さんが亡くなって…二ヶ月過ぎてるよな？　それなのにまだやってるの？」

「兄貴の紹介で司法書士にお願いしてますけど、書類が揃えられないって…遅いですか？」

首を傾げた和喜に、藤堂は指を折ったまま断言する。

「遅いよ、何か複雑な事情があれば時間かかるだろうけど。遺産については相続でも放棄でも、三ヶ月以内に手続きをとらなければいけないはずだよ。本当に大丈夫？」

「全部兄貴任せで…兄貴は相続放棄するって言ってましたけど。遺産と言ってもたいしたものはないし、親父の職場から遺族なんとかって支給があったから呑気でいました」

「うーん、兄弟で相続をどうするのか話がまとまってるなら心配ないか。念のため相続権利者として一応確認だけでも。それ以降になると、手続きも面倒になるから」

「そうですね…そうします。あれ？　それ、兄貴と同じスマホです」

和喜は、藤堂が広げていた雑誌の記事に気付いて指差した。カラーの記事には、聖陽が持っているのと同じ機種と特徴的なカラーのスマホが紹介されている。

「…片桐のお兄さんて、仕事何してる人？」

帰る所がないから家に来たのだと言いにくくて和喜は口ごもった。

「え？　いや、それがよく…判らなくて。もしかして、何かヤバイ系のスマホですか…？」

「いや、違うよ。このカラーは限定で、一般発売されなかったんだ。それで記事で紹介されてる。余程《よほど》のコネがなければ、お金があっても一般人では入手はまず無理。だから片桐のお兄さん、こういうのが入手しやすい仕事かな？　って思って」

「俺…自分の兄貴なのに、知らないこと多すぎ…」

「一から十まで知ってるほうがキモいよ。お兄さん、いつも何で出かけてるんだ？　自分の車？　車ならカーナビにＧＰＳ搭載してるだろうから、走行履歴《そうこうりれき》見れば判るだろ。電車だったら…出かける頃に駅で待ち伏せして、後ついていけばいいんじゃないか？」

「やっぱりそれが確実ですよね…」

「もし尾行がバレたらどうなるかは知らないけどね。…いつまでいるのか判らない人なのに、そこまでしたい理由は何？　元々夜に外出していたかもって見当がついても、お兄さんが『夜に家を空けざるを得ない理由』について何か思いあたるからじゃないのか？」

珍しくストレートに切り込んでくる藤堂の問いに、和喜の頬に緊張が走った。

「…！　それ、は…」

頬杖《ほおづえ》をついたまま和喜を見ていた藤堂は、やがてにこりと笑う。

「ま、それぞれ家庭の事情はあるよね。俺は自分の後輩が他人に迷惑がかかるような犯罪を起こさなければ、自分の兄貴を押し倒してたって責めないよ」

あんまりな言葉に、それがほぼ当たっていた事実に和喜は頭を抱えて小さく頷く。

「…はい」

冗談ともつかない藤堂の言葉が、聖陽のことを誰にも言えない今の和喜を密《ひそ》かに支えた。


「本当、外で何をしているんだろう」

何処に出かけているのか本人に訊けば確実だと判っているのに、もし万が一聖陽にはぐらかされたらと思うと和喜はどうしても訊く勇気が出なかった。

だからと言って外出する聖陽の後をつけるのも、正直和喜は躊躇《ちゅうちょ》がある。

「どっちも、俺のエゴだ」

だから家に戻って、外出先を聖陽に訊こう。もし教えて貰えなかったら、その時に自分がどうしたいのか考えよう。大学の帰り道、和喜はそう考えながら改札を抜けようとした。

その時、人の流れの中でも目立つ長身の人物を見つけてしまう。

「…あ」

「あら？」

あの時、家の前で聖陽とキスをしていた男・羽根井だった。思わず人混みの中で立ち止まってしまった和喜と、その視線に気付いて羽根井も足を止める。

「ワタシが判るのね？」

「…はい。あの夜、タクシーで聖陽さんを送って来た人…ですよね」

そして、タクシーを待たせているのもかまわずに男同士でキスをした。聖陽も笑いながら応じていたのだ。

「あなたが見ていたから聖陽にキスをしたのよ、弟ちゃん」

「⁉ どうしてそんなことを…あなたは、聖陽さんの恋人なんですか？　この頃家にいないのも、もしかしたらあなたの所に…いるんですか？」

真っ直ぐ見つめてくる和喜に、羽根井もまたその視線を受けとめた。

「ええ、その通り。聖陽はワタシの所にいるわよ…一晩中ね」

「！」

「…」

ショックで顔色を変えた和喜の表情が、居酒屋で寂しそうに話していた聖陽と重なる。

「あなた、名前は？　ワタシは羽根井」

「片桐…片桐和喜です。羽根井って…もしかして『羽根井マネジメントオフィス』の？」

「事務所を知ってるの？　それはワタシの会社よ」

「聖陽さんが、高校時代の先輩だって教えてくれました」

「あら、意外に話してるのね。それならいいもの見せてあげる…一緒に来る？」

「…はい」

恐らくは聖陽に関したことだろうと勘よく察した和喜は頷き、羽根井と共にタクシーに乗り込んだ。タクシーが停《と》まったのは六本木《ろっぽんぎ》。そのままとあるビルの最上階に案内される。

店の出入り口の前には、正装した二人の男性が立っていた。看板は、ない。

「ここは、会員制のクラブなの。本当は未成年はお店に入れないんだけど、今夜は特別ね」

羽根井の姿を見ると二人の男性は恭《うやうや》しく頭を下げ、まるで劇場の入り口のような布張りで分厚い両開きの扉を開けてくれた。

「…！」

途端、店の中から客達がそれぞれの席で歓談《かんだん》する細波《さざなみ》のような笑い声と、上品なピアノの生演奏の音が拡《ひろ》がる。低めの重厚なテーブルと、惜《お》しまずに飾られている生花が瑞々《みずみず》しい。

正面と左側の壁は天井までのガラス張りで、眼下に東京の摩天楼《まてんろう》が見えた。

抑えられている照明と置物や花、趣味のいい異国風の衝立《ついたて》など計算され尽くした配置により目線が他へ誘導《ゆうどう》され、それぞれが他の客達を気にしないで寛《くつろ》げるようになっている。

酒の臭《にお》いと煙草《たばこ》、そして花の匂いが混ざっている独特の店内でも、空気が悪いと感じられない、むしろその逆だった。

未成年でこんな場所に来たことがない和喜でも、ここが富裕層が飲みに来る客を選ぶ高級クラブなのだと判る。それと同時に、自分が場違いな場所にいる実感も。

「…！」

そして、改めて聞こえて来たピアノの生演奏。

演奏の音だけで判る、聖陽のピアノだ。

カウンター席に近い場所に置かれたグランドピアノの前で、黒の正装姿の聖陽がピアノを演奏していた。洗練《せんれん》されたジャズのアレンジに乗せて、聖陽の歌声がマイク越しに響く。

気怠《けだる》く濡れた聖陽のウィスパーボイスの歌声は、演奏と溶《と》けて聴く者を魅了する。

見渡すと、フロアで聖陽のピアノに聴き惚《ほ》れている客も少なくなかった。

「聖陽にはこの店が出来てから、時々あそこでピアノを弾いて貰ってるの。彼のあのどこかやる気のないピアノの演奏と、普段はそれほどハスキーではないのに歌わせると妙に艶っぽい息漏れ声がお客さんに好評で、いないと文句言われるくらいファンもいるわ」

唇の端を少しだけ上げた表情でピアノを弾く聖陽は、和喜がいることに気付かない。

「…だから家でも、ピアノを弾いてくれたんだ」

時々家事を手伝いながら楽しそうに歌っていたのも納得出来る。

「あらそうなの？　彼のピアノは、時給換算にするととんでもないのよ。だって…まあ、お金の話は野暮《やぼ》ね。聖陽のお母さんはピアニストとしての才能があって、将来も嘱望《しょくぼう》されていたんだけど家の事情で夢を諦めて…音楽の先生になったんですって」

「…。あの人は、この頃ずっとここでピアノを弾いているんですか？」

「そう。ピアノは弾いていないと鈍るし…言ったでしょう？　聖陽のファンも多いのよ」

「聖陽さん、もしかして、ピアニスト希望だったんですか？　俺、小さい頃に弾いて聴かせて貰った記憶はあるんですが」

確かに聖陽のピアノは巧い。才能と絶対的な練習量で構築される技巧《ぎこう》的な巧さというよりは、つい耳を傾けてしまう魅力的な音を奏《かな》でる。その演奏と彼の歌声が相乗効果《そうじょうこうか》となって、結果聖陽にしか弾けないピアノになっていた。だからこのような店でも勤《つと》まるのだ。

「本人はさすがにそこまでは興味がない、って言っていたけど。才能はあるわよね」

「じゃあ、経営コンサルタントの肩書きは？　勤めてないけど、名刺はあるって」

「それも本当よ。ワタシはいくつか事業を手がけてるから。…そういうこと、聖陽に直接訊かないの？　それとも彼、意地悪してアナタに教えてくれない？」

「いえ、そんなことはないです…多分」

「じゃあアナタがそれほど聖陽に関心がないのね」

羽根井に断言され、和喜は一瞬で頬が熱くなる。

「…！　違い、ます。あの人に関心がなかったら、ここまで来たりしません」

「じゃあどうして訊かないの？」

「俺と聖陽さんは兄弟、だけど。一緒に暮らし始めたばかりなんです。聖陽さんはガキの頃の俺を知っていても、俺は聖陽さんを知りませ…忘れてしまっていたんです。思い出したのは、しばらく経ってからです。ピアノが…きっかけでしたけど」

「…」

「だから尚更《なおさら》。兄弟だからこそ保つべき、踏み込んではいけない一線があるはずです。他人なら離れてしまえばそれきりだけど、家族はそんなわけにはいかない。俺は気にならないことでも、もしかしたら聖陽さんは気にしてしまうかもって思ったら…何でもかんでも興味本位だけで訊けません。訊いて『答えたくない』って返事も…俺は聞きたくない」

「臆病《おくびょう》なのね。聖陽から拒絶されるのが嫌なだけでしょう」

「あの人を、傷つけたくないだけです」

それは嘘だ。羽根井の言う通り、聖陽から拒絶されるのが怖い。そして自分は最初から、聖陽を傷つけてしまっている。

「聖陽をお兄ちゃんと呼ばないのも？」

「最初、本当の兄貴なのか判らなかったし。…そのまま定着しちゃったんです」

聖陽を兄と呼びたくなかった。今なら判る。多分最初から、彼に惹かれていたからだ。

羽根井の質問は、そんな和喜の心の内を引っ張りだそうとしているように感じてしまう。

「あらそうなの？　ワタシは聖陽をお兄ちゃんとして見ていないからだと思っていたわ」

「それ…どういう意味ですか？」

和喜の表情は変わらない、だけど図星の問いに声が警戒心で強張《こわば》ったのが自分でも判る。

羽根井も和喜の変調《へんちょう》に気付いただろう、答えなくても質問を肯定したに等しい。

「言葉通りの意味よ。聖陽が好きなのかと思ってた」

明らかに皮肉《ひにく》と判る口調で返され、和喜は声を絞り出した。

「どれだけ…どれだけ俺があの人を好きでも、兄弟じゃないですか…！　どうしてそんな残酷なことを俺に訊くんですか？」

「あら今アタシ、あなたの気持ちを訊いたわけじゃないわよ」

「え…？」

「『聖陽が好きなのかと思ってた』って言ったでしょ？　聖陽があなたに兄として見られたくないから、そう呼ばせているのかと思った、って意味。…あなた、聖陽が好きなのね」

「羽根井さんは…あの人の恋人だから気に、なるんですか？」

羽根井はそれには答えずに、小さく肩を竦めてみせた。

「ワタシと聖陽は、高校の頃からの知りあいなの。以前東京に住んでいて、両親が離婚して母方の実家へ戻って来たと聞いてる。…それからお母様が再婚して、その家の長男として頑張っていた姿をワタシは見てるわ。継父《ままちち》は事業をしていてね、聖陽は血は繋がっていないけどその会社の跡取《あとと》りとしてレベルの高い高校、大学に進学してた。凄い優秀だったのよ―」

「…」

何の意図があるのか、羽根井の話に和喜は耳を傾ける。自分が知らない、聖陽の話だ。

「大学を卒業して、父親の経営する会社に就職《しゅうしょく》したの。親のコネはいらないって別の会社に内定が決まっていたんだけど、半分強引に戻されてね。じゃあせめて社会勉強するからって、会社で跡取り息子だって言わずに入社したら…優秀さを妬《ねた》まれて無能な上司にパワハラを受けた挙《あ》げ句《く》に、会社にとって大損害になった案件の責任を聖陽一人に負わせた」

「聖陽さん、それ…何も言わなかったんですか。自分の身の潔白とか」

「…その無能な上司が、義理の父親の親戚筋だったのよ。再婚相手の連れ子じゃ分が悪い」

「！」

「親はお互い再婚同士で、結婚している聖陽には血の繋がらない妹がいるの。跡を継ぐのに自分よりも相応《ふさわ》しいだろうって退いちゃったのよね。それでも自分はこの家の長男だからって、手を抜こうとしないのよ。聖陽を見てると、長男…お兄ちゃんて大変そうって思うわ」

羽根井の言葉が理解出来て、和喜も頷いた。

「それは…なんとなく、判ります。職業『長男』みたいな人です、よね」

「でしょ？　聖陽は学生の頃からそんな感じだった。自分のやりたいこととか、したくないこととか…そういう愚痴《ぐち》や弱味を一切言わないで、親のため家族のためって頑張ってて…そしていつも笑ってた。辛いこともあったはずなのに。聖陽には自分の欲求とかないのかと思うくらい、いつも穏やかに笑ってるの。でもそれは弱味を見せないためだったはずよ」

「…」

「好きで長く習っていたピアノを、就職と同時にやめてしまった時もそうよ。あまりに我慢し過ぎて、自分がやりたいことも判らなくなっているのかとすら思っていたんだけど…」

「？」

羽根井は一度言葉を切り、意味深長《いみしんちょう》なまなざしで和喜を一瞥《いちべつ》した。

「自分には小さな弟がいるって会った頃から聖陽に聞いていたわ。離婚の時に住んでいた東京に置いて来てしまったから、いつかもし…叶《かな》うならまた会いたいってずっと言ってた」

「え…」

「聖陽のお父様が亡くなったと聞いた時、聖陽はこれまでしていた仕事全部投げ出してあなたの所へ行ったのよ。葬儀の時に亡くなったお父様の既知の者だと言って、立派なお坊さんが来たでしょう？　あれは本当は、聖陽の親友の実家なの」

「そうだったんですか⁉」

「地元では古くて由緒ある大きなお寺さんでね、とても忙しいご住職なんだけど聖陽のお父様ならって、駆けつけてくれたのよ。だからとても立派なお葬式だったでしょう？」

「はい。俺は葬式自体初めての経験だったんですけど、葬儀社の人が驚いていました。親父…父の知りあいでなければ、呼べないお坊さんだと。生前は教職に就いていた人だったので、その人脈で来てくれたのだと思ってました。聖陽さんは、一言も…」

「聖陽は自分で言わないわよ、そんなこと。これまで何もしてあげていない、どうしても弟の力になってやりたいから、って。だから私は、また聖陽が誰かの…今度は前の家庭の弟の犠牲になったのかと思った」

「あの…聖陽さん、仕事していたんですか？　でも、俺には…」

顔を上げた和喜の胸元を、羽根井は手入れのされた人差し指で軽く突いた。

「アナタ、最初は聖陽を憶えていなかったんでしょう？　そんな人間がいきなり兄ですって来たってただの不審者だし、家から追い出したんじゃない？　それとも聖陽は自分は働いていない、仕事もない、無一文だとでもあなたに言ったの？」

「それは…」

和喜は言葉が続けられない。聖陽は勤めていない、としか言わなかった。

だが仕事もなく、金もないとは言っていない。普段殆ど同じ服を着たきりで、贅沢《ぜいたく》をする様子もなかったこともあり、勤めていないのだから贅沢しないのだと勝手に判断した。

「だから、あなたの家にいられるように…何かそれらしい理由を告げたはずよ」

『身なりが大事』

スーパーで万引きを疑われた時、迎えに来てくれた聖陽はきちんとした格好でそう言っていた。自分の服装が初めて会う相手にどう思われ、判断されるのか知っていた聖陽が何も考えずにあの格好で家に訪れたとは考えられない。

「どうして、そんなことを…そこまで」

羽根井はわざと大仰《おおぎょう》に溜息をつく。何も判ってないのね、と言わんばかりに。

「あのね…宗派《しゅうは》にもよるけれど、一般的なお葬式って葬儀の後もごたごたと雑務が続くの。亡くなられたお父様は生徒さんに慕われていたんでしょう？　卒業した生徒や、保護者のかたも葬儀の後に自宅に弔問に来るでしょう。そうでなければ花やお見舞いの品を送って寄越したり。受け取りはどうするの？　そのお返しは？　誰がどう対応するの？　学生のあなたに負担がないよう、聖陽が昼間家にいて全てを引き受けてくれたんじゃないの？」

「…っ」

「あなたは聖陽にとって、そこまでしてあげたい存在なのよ」

「でも俺は…聖陽さんに、何か返したいと思っても返せるものが何もない。今日だって、こうして羽根井さんのお陰《かげ》でここへ連れてきて貰っています。それどころか、俺がいたせいで聖陽さんの生活を狂わせて、きっと無理させてしまった。それだけじゃない、これまでだって聖陽さんを怒ったり、誤解したり…」

兄弟で交わるという、罪まで重ねさせてしまった。

「俺が、聖陽さんの弟だから…それだけで、またあの人に犠牲を強《し》いたってことでしょう。俺にどんな価値があるっていうんです？　して貰っているばかりで、聖陽さんに…俺の、兄貴なのに…好きになってしまって。羽根井さんという恋人だっているのに…俺…」

「…」

羽根井は手をのばし、俯いてしまった和喜の前髪に触れる。思ったよりも、ずっと柔らかい指通りのよい、髪。どんな想いで、聖陽はこの髪に触れたのだろう。

「一つ、訊いてもいいかしら」

「？」

触れられた感触と問いかけに、和喜が顔を上げる。

「たとえはなんでもいいんだけど…そうね…もし、あなたが今とてもお金に困っていて。ワタシが借金の肩代わりをしてあげるから、聖陽を諦めてワタシの愛人になりなさいって言われたら…あなた、出来る？　心からワタシを好きになりなさいって言われたらどうする？」

和喜はしばらく羽根井の顔を見つめていたが、やがてゆっくり首を振った。

「それは…無理です。俺、羽根井さんの愛人が務まるほど経験、ないです。百歩…じゃ足りないから、一万歩譲《ゆず》って貰ったとしても、心から好きになることは出来ないです」

「…どうして？」

「たとえ羽根井さんがとても魅力的な人間で、だから俺もどれだけそうしたいと思っても…誰かを好きになる感情は、自分自身でコントロール出来ないから、です。男同士なら尚更…キスしたいとか触れたいとか…好きじゃなければ、俺には無理です。相手を好きになっても、それが同性なら怖くて、触れることも出来ないかも知れません。嫌われたくないから」

「じゃあ、それが答えじゃない」

「…え?」

「心は無理強い出来ないの、自分だけだと思うの? 聖陽も、人の何倍もあるかも知れない義務や責任感だけで…あなたにしてあげられると思う? あなた自身も…自分の家というテリトリーに、兄だから、事情があったからというだけで招き入れることが出来たと思う?」

「…!」

「でもワタシは聖陽じゃないわ。どうして自分にそこまでしてくれるのか、聖陽本人に訊いてご覧なさい。…たとえそれがあなたが望まない答えであっても、聖陽自身を解放してあげられるわ。あなたに出来る、唯一のことでもあるわよ」

「…」

羽根井が何を伝えようとしているのか混乱したまま、それでも彼が告げた言葉だけが和喜の胸に何かを小さく投げかけた。

二人の会話を待っていたかのように聖陽の演奏が終わり、フロアに抑えた拍手が拡がる。

「ここに聖陽を呼んできましょうか?」

羽根井の気遣いに、和喜は首を振ってから頭を下げた。

「いいえ、その必要はありません。夜に出かけるのは、俺に気遣って外で時間潰しをしていたわけじゃないと判っただけで充分です。ここまで連れてきてくれて、そして聖陽さんのことを教えてくれて、ありがとうございます。仕事の邪魔をしちゃ悪いのでこれで帰ります」

「連れてきたのはワタシだし、聖陽の仕事が終わるまでフロアで待っててていいのよ」

言われ、和喜は申し訳なさそうに上着のパーカーの裾《すそ》を引っ張った。センスはいいが大学の帰りにそのままここへ来たので、会員制のクラブで飲むに相応しい格好とは言い難い。

「俺がこの格好でいたら、この店の品位を落としてしまいます。それにまだ未成年だし、飲酒をさせたのではと疑われたら羽根井さんにもご迷惑をおかけすることになります。聖陽さんを…いいえ、兄をよろしくお願い致します」

店を後にする和喜に、羽根井はハイヤーを用意して家の前まで送り届けてくれた。聞くと聖陽も同じように送迎《そうげい》しているという。目立たぬよう、行きは駅前から帰りは家の前まで。

「それなら、もし本当に尾行しようにも無理だったな」

駅で羽根井に会えたのは幸運で、そして聖陽に対しても申し訳なさが募る。

「…今日聖陽さんが帰って来たら、羽根井さんのお店まで行ったことちゃんと謝ろう。いや、お店のことだけじゃなくて」

羽根井は今日、何か自分に伝えようとしてくれていた言葉があった。それは聖陽に訊いていれば、もっと理解出来ていたことかも知れないと和喜は思っている。

聖陽の見たくない部分を知るのが怖くて、訊いて拒まれることを恐れていた和喜に羽根井の言葉は自分の意気地《いくじ》のなさをやんわりと指摘していた。

「悔しいけど、本当のことだ。羽根井さんみたいな人が恋人だったら、俺の扱いなんか慣れてて当然だよな…ん？　誰だろう」

家の前まで送り届けて貰ってクーラーのスイッチを入れる間もなく、玄関のチャイムが鳴る。時計を見ると、夜の十時を過ぎたくらいだ。こんな時間に誰が来たのか。

宅配の受け取り予定もないし、聖陽が帰宅してわざわざチャイムを鳴らすとは思えない。

誰だろうと思いながらドアを開けると、そこにはスーツ姿の見知らぬ恰幅《かっぷく》のいい中年男性とそれよりも少し若い男が二人、後ろに控えて立っていた。

「君が、片桐和喜さんだね？」

中年の男は玄関に出た和喜を上から下まで値踏みするように見てから、上っ面だけだと判るような残忍さを孕《はら》む笑顔を浮かべた。

和喜が帰ってから間もなく、休憩に入った聖陽は羽根井の言葉に驚いた声をあげた。

「え？　和喜が来てたの？」

「聖陽の仕事が終わるまで待ってる？　って訊いたら、仕事の邪魔になるからいいって。そんなに遅い時間でもないけど、ハイヤーで家まで送らせたから帰りは大丈夫よ」

「ありがとう、ハネさん。その分は俺に請求して」

「それくらい、聖陽の働きでおつりが出るくらいだから気にしないで。ワタシも弟ちゃんと少し話をしてみたかったし」

どこか惚けた羽根井の口調が気になり、聖陽は休憩時間の間だけ緩めようとネクタイにかけていた指を止めた。

「ハネさん…あの子に何か言ってないよね？」

「何かって何かしら？　ヤキモチ妬《や》く弟が可愛くて、飲んだ勢いのふりして手を出しちゃったけどむしろ可愛さが募って、家で二人きりになるとまた押し倒しそうだから夜の間はここに逃げてるのよー？　とかのことかしら？」

「そうです、そういう話…まさか、ハネさん…！」

顔色を変えた聖陽へ、羽根井はそれ以上言わないように手を翳《かざ》す。

「言ってないわよ、そんな野暮なこと。聖陽が夜に外出するのは、自分と一緒にいるのが気まずいせいでどこかで時間潰しさせていなければいいって言っていたわよ。どうやらそれだけが心配だったみたいね」

「…和喜が」

「聖陽が気まずくて外に出ているのは本当だけど、まさか弟ちゃんの貞操《ていそう》のためにとはさすがに思い至らないわよねえ」

そう言って羽根井は、ほほほほ…と口元に手をあてて笑った。

「ハネさん…」

「たいした話はしていないけれど、聖陽があの子が好きなのはなんとなく判ったわ。…とにかく可愛いわよ、あの子。今はきっといっぱいいっぱいで余裕がないのね」

「和喜は俺のこと、何か言ってた?」

「特には。嫌われてはいないみたいだけど? …あなた達もう、兄弟やめちゃったら?」

「それが出来るなら、とっくにしてる。血は繋がらなくても、俺達が兄弟なのは変えようがないんだから…と、ごめん。和喜からだ。どうしたんだろう、電話を寄越《よこ》すの珍しい」

上着に入れていたスマホが鳴動し、聖陽は羽根井と会話途中で受信ボタンを押す。

『…聖陽さん』

電話口の向こうの和喜の声が小さく、そして酷く動揺《どうよう》している様子だった。

「和喜? どうした?」

『仕事中なのに、連絡してごめん…』

「聖陽？」

明らかにいつもと違う和喜の様子に、聖陽は話に集中しながら羽根井と顔を見合わせた。

「今休憩中だから大丈夫、心配しないで。家で何かあったのか？」

『今、家に○×金融って名乗るお客さんが来てて。父さんに借金があるから、返してくれって…俺、どうしたら』

「判った、和喜は心配しなくて大丈夫。…すぐ家に帰るから、待ってて。その人達にも何もしないで、待ってて貰って」

聞き覚えのある金融会社の名前に、電話を切った聖陽は羽根井に短い説明をしてすぐに自宅へと戻った。


和喜と同様羽根井が手配してくれたハイヤーですぐに家に戻った聖陽は、玄関にある数人の来客の靴を見ると早足でリビングへ向かう。

「和喜！」

「聖陽さん…」

聖陽は連絡を受けて急いで帰ってきたらしく、クラブで見た黒のスーツ姿のままだった。客はガラステーブルを挟んで置かれているソファに、向かい合わせに座っている。

リビングに来た聖陽は、思わず立ち上がった和喜を自分の背に庇《かば》うように後ろへと腕をまわして、訪れた金融業者の前に立った。

テーブルの上には、和喜に見せていたらしい何枚かの書類が広げられている。

「こんな遅い時間に約束もなく来るのは、失礼じゃないですか」

和喜を庇うように立ったままの聖陽へ、中年男性が座ったまま口を開いた。

「失礼ですが、あなたはどちら様でしょう?」

「私はこの家の…片岡浩《ひろし》の長男です。一体何の用ですか」

静かだがはっきりと強い、聖陽の声。その声に気圧《けお》され、男はすぐに言葉が続かない。

「その…ごほん、ええとつまりお二人はご兄弟なんですね?」

「和喜は次男です。私はこの家を離れたので」

「そうでしたか、失礼致しました。てっきり遺産相続人はこちらの和喜さんだけと思っていたので。亡くなられたお父様が残された借金の返済について、ご相談に来たんです」

「…」

聖陽が黙ったことで、社長の有馬《ありま》と名乗った中年男性はテーブルの上の書類を指差した。

「こちらに、借用書もあります。金額は利息込で四千万。お支払いのお願いに」

「聖陽さん…」

あまりの金額の大きさに、和喜は不安になって聖陽の手に触れる。肩越しに振り返った聖陽は、和喜を安心させるようにその手をしっかりと握り返してくれた。

握られた手は冷たいのに、和喜は聖陽のそのぬくもりに泣き出しそうなくらい安心する。

否、リビングへ飛び込むように戻って来てくれた時から、見えた聖陽の姿に和喜は泣きそうになっていた。

「和喜は心配しなくて、大丈夫」

「でも」

それでも不安そうな和喜に、聖陽はにっこりと笑ってゆっくりと繰り返す。

「大丈夫だから、お兄ちゃんを信じろ」

「…」

聖陽の言葉に、和喜は頷く代わりに無言で握り締めていた手に力を込めた。その手が、しっかりと握り返される。…大丈夫、自分はここにいるからと。

和喜を自分の背に庇ったまま、聖陽はテーブルの書類を手にとって確認する。

間違いない、以前父親の部屋で見たものと同じ書類だ。

「…判りました。父の遺産相続についてはどうするのか、弟とまだきちんと話し合って決めていませんので今夜はどうぞおひきとりください」

「ですが」

聖陽の口調は恫喝《どうかつ》的でも暴力的でもなく、理性的で穏やかだった。なのに借金の取り立てに慣れているはずの男達が飲まれて、今来たばかりの聖陽にこの場の主導権《イニシアチヴ》を取られてしまっている。クラブから着てきてしまった黒いスーツも、効果的だったようだ。

「まだ私達はどちらも父の遺産の相続をしていません。したがってこの借金の返済義務も、まだ発生していないことになります。書面を見ると、支払期限もまだですよね」

聖陽に指摘され、作り笑顔の有馬は揉《も》み手でもしそうな仕種で何度も頷く。だが目は笑っていない。有馬の後ろに控えているいかにも部下らしい二人の男は無表情のままだ。

相手に精神的プレッシャーを与えるためだけに有馬が連れて来ている男達だが、威嚇《いかく》行為だと承知の聖陽は彼らの前でも落ち着き払い、動揺している様子は全くない。

それが有馬にも通じているのだろう、聖陽はその場にいなかったので知らないが、同じ慇《いん》懃無礼《ぎんぶれい》でも和喜が一人でいた時の態度とは明らかに違っていた。

「そうですか、ええ、ええ。大変申し上げにくいのですが、実はお宅様のこの家も抵当に入っております。もし相続放棄などでお支払い戴《いただ》けない場合、退去戴くことになりますが…そのご説明もかねてのお願いをしに来たんです」

「…」

「和喜さんはまだ未成年のようですし、相続放棄ということになったら、保険金も受け取れませんから…これからの生活の事も考えて、そんなことにはならないとは思いますが」

有馬の言葉は聖陽ではなく、背後に立つ和喜に向けたものだ。古くからある有馬の金融会社は駅前にあり、地元の中小企業とのつきあいが深い。恐らくはこの家で和喜が父親と二人暮らしでいたことを事前に調べているのだろう。

「…！」

家が抵当に入っていると聞き、自分の背後で緊張した和喜に気付きながら聖陽は続けた。

「承知しています。今お支払いするにしても、一般家庭のこの家にそんな高額な現金は普通置いていないことは推察出来ると思いますが。銀行から引き出すにしても窓口扱いで、この時間では無理です。今日のところはお帰りください」

有馬も今日支払いを求めたというよりも、相続人である和喜に借金の存在を伝えるために訪れたので当初の目的は済んでいる。再度の聖陽の言葉に、ソファから立ち上がった。

「…判りました、またこちらからご連絡させてください」

「…」

帰って行く有馬を、聖陽は玄関まで見送ることはしなかった。

玄関のドアが閉まり、家の中が急に静かになる。

「…っ」

「和喜？」

　有馬達が帰ったことに安心した和喜は膝の力が抜けてしまい、聖陽と手を繋いだままその場にへたり込んでしまう。聖陽は慌てて振り返って、和喜の前に膝をついた。

「急に…力が抜けて」

「御免ね、俺が家にいなくて。脅《おど》されたり、暴力的なことはされていない？」

　聖陽のせいではないと、和喜は頷いてから首を振る。

「大丈夫、それはなかったけど。…父さん、本当に借金なんかしてたのか？　あの人が？」

「借用書も、金額も本物。以前、親父の部屋で探し物をした時に見かけてる。幸いなのは、今日来た金融会社はある意味真っ当で、悪徳な高利貸《こうり》しではなかったことぐらい」

「父さんの部屋で探し物？　もしかして、俺とケンカになった時？　何を探して？」

「簡単に言うと、俺が知ってる両親の思い出の品。和喜が知らずに処分してしまう前に、見つけられたらと思ったんだけど」

「…」

　聖陽の話を聞きながら、和喜は襖が開いたままの背後の和室を振り返る。三ヶ月も過ぎる頃には届けられていた花も終わって片付けられ、供物が仏壇の前に揃えられているだけだ。

「聖陽さんも知ってるかもしれないけど…親父って、本当に真面目な人で賭《か》け事とか贅沢をしている姿なんか一度も見たことがないんだ。いつも生徒のことを考えて、将来のことを考えて…なのに、どうして自分にもしものことがあったら…家族が困ると判ってる連帯保証人になんかなったんだろう」

「親父が保証人になったのは、親御さんが小さな工場を経営している生徒さんの家だよ。…多分、頼まれて断れなかったんだと思う。こんなに早く死ぬつもりもなかっただろうし」

「この家も抵当に入ってるって。払えなければ、ここを追い出されるってことだろ？　相続しなければあの借金は返さなくてもいいけど、親父名義だったこの家もなくなってしまう」

「うん」

静かな聖陽の相槌に、和喜は繋いだままの手に力がこもる。

「どうしよう、俺…聖陽さん…。四千万なんてお金、この家にはないよ。この家と受け取れる親父の生命保険があれば、俺が大学卒業して就職するまではなんとかなると思ったのに。その保険を充当しても、まだ足りないってことだよね？」

もしかしたら来月の今頃には、もうこの家にいないのかも知れないのだ。

聖陽が家を空けてしまった時に感じた、自分以外に誰もいない喪失感。

その時と比べものにならない重さで、唐突に目の前に突きつけられた現実。

「和喜」

半ば放心状態で無意識に縋《すが》ってくる和喜の背中に腕をまわし、聖陽は強く抱き締める。

そして和喜もまた、聖陽に縋りついた。

「…和喜、ひとつ訊いてもいい？　和喜は、どうしたい？　この家を、離れたくない？」

「離れたくない。俺、この家以外の家を知らない」

「そうだよね。うん、じゃあお兄ちゃんに任せておきなさい。立てる？」

「え？　うん」

聖陽に助けて貰い、和喜は立ち上がる。さっきは立とうと思っても膝に力が入らなかったのに、聖陽と手を繋いでいるだけで軽々とそれが出来た。

「じゃあ、ちょっとおいで」

その手を離さないまま、聖陽は和喜を連れて二階にある父親の部屋に向かう。

殆ど手つかずのままの部屋へ入った聖陽は、押し入れの奥に入れていたくたくたの紙袋を取り出して中を広げて見せた。

「…⁉　これ、何⁉」

袋の中に入っていた物の名称を知っていても、和喜は思わず声をあげてしまう。

中に入っていたのは、封緘《ふうかん》がされたままの一万円の札束だった。

「ここに四千万ある。借金はこれで支払うから大丈夫だよ」

「でもこのお金…どうして？　どうやって？　なんで？　聖陽さん、大丈夫なんですか…」

和喜は混乱を隠せずに、ずしりと重い袋と聖陽の顔を交互に見比べる。

「あれ？　ハネさん…羽根井さんから、俺の仕事は聞かなかったの？」

意外そうな聖陽に、和喜は申し訳なさそうに頷きながら頭を下げた。

「そうだ、今日…ごめん。聖陽さんのお仕事場まで行ってしまって。聖陽さん、出かけるのは仕事だからって、ちゃんと俺に教えてくれていたのに」

反省で落ち込む和喜の髪を、聖陽はそっと撫でる。つられ、和喜は顔を上げた。

見上げると、聖陽の優しいまなざしの中に自分が映っている。

「気にしないで。ハネさんに、和喜が心配していたって聞いた。俺のほうこそ御免」

「…このお金、どうしたのか訊いても、いい？　そんなにあの仕事、給料いいもの？」

「あぁそうか、混乱させてる。ハネさんのところでピアノを弾かせて貰っているけど、あれは副業。このお金は、所有していた株を売ったんだ。…俺の本業はデイトレ」

「デイトレって…デイトレーダー？　聖陽さん、投資家なのか⁉」

「うん」

「見たこと、ない！　聖陽さん、パソコン持ってるのか？」

「いつも作業するのは、大体夜中だからね。ＰＣは二機持って来てる。リビングに広げたままだと邪魔だから、朝に片付けてから寝てた。後で見せてあげるよ」

「もしかして…それで、二階の部屋はいらないって言っていたのか？　この家、二階はネットが繋がりにくいから」

「うん。それにこの家の壁、薄いよね。俺はほぼ一晩中起きてるから、キィボードや他の起きてる物音がうるさくて和喜、きっと眠れなくなるよ」

「いや俺、寝ちゃうと朝まで起きないよ…株式投資って、一日ずっとパソコンの前につきっきりでいるものだと思ってた。そんな夜に数時間とかでも大丈夫なもの、なの？」

恐る恐る訊いてくる和喜へ、聖陽は笑う。

「少ない元手ですぐに凄い大儲《おおもう》けをしようとか思わなければ、充分生活出来るよ。そういう投資のやりかたもあるけど、リスクが大きいから俺はやってない」

「…」

説明され、和喜はようやく納得する。外へ勤めていなくても聖陽は仕事をしていて、深夜遅くまで起きているのなら朝遅いのも当然だ。かなり遠回しだが、株投資に詳しければ経営コンサルタントという肩書きもあながち嘘ではないだろう。

「だけど聖陽さん…その、生活の元手の株を売ってしまったんだろ？」

「全部じゃないから、大丈夫。それにー…和喜には正直に言うけど。すぐに用意出来たのは、このうちの三千万。あとの一千万はハネさんに用立てて貰ったんだ。俺が週に何度か、あのクラブでピアノを弾く条件にね。本当は俺が全額用意出来ればよかったんだけど」

「？」

含みのある聖陽に、和喜は首を傾げる。そんな和喜の様子に、一瞬宙を仰《あお》いだ聖陽は言葉を選びながら続けた。

「…離婚してから間もなく、お袋は親戚の紹介で俺を連れて再婚してね。新しい父親になった人は精密機器を取り扱ったグループ事業を経営していて…少し前にその会社の一つが同業他社の会社に経営が乗っ取られそうになって」

「乗っ取るって…どうやって？」

「株を買い占めるの。沢山の株を持っているとその会社の経営に干渉出来るから、今いる役員達全員馘《クビ》にすることも可能…そうさせないように監視しながら資金を動かしていたから、すぐに大きなお金が動かせなかったんだ。でもこれがあれば、家を手放さずに済むから」

聖陽は簡単に説明したが、それがどれだけ大変なことなのか株に詳しくない和喜にも判る。今でも本当は義父の会社を守るために、出来る限り資金を動かしたくないだろう。

ここにある三千万の金にしても、短期間でこの金額にするために相応の優良株を処分せざるを得なかったはずだ。

だから、和喜は訊くしかなかった。

「…どうしてそこまで？」

「どうしてって…この家は、和喜が親父と暮らしていた思い出のある家だから」

「！　それだけ？」

「うん…それだけ。お金はまた稼げばいいけど、この家は一度手放してしまったらもう二度と取り戻せなくなるかも知れない。古い家だし、むしろその可能性のほうが高い」

「でも…！　このお金があればよかったってことが、聖陽さんが護ってた今の継父《おとう》さんの会社で起きたら？　それで聖陽さんを悲しませてしまうことがあったら、俺…」

訴える和喜に、見つめる聖陽のまなざしは変わらない。

「和喜。俺は和喜よりも優先したいことなんてないよ」

「聖陽さん」

「もし和喜が言うことが今、向こうの家で起きてしまっても…俺はこのお金は向こうのためには動かさない。今まで何一つしてあげられなかった分、俺が出来ることを和喜にしてやりたいんだ。…でもこれは俺の独り善《よ》がりな我《わ》が儘《まま》で、和喜が負担に思うことはないからね」

「だけど、聖陽さん…俺は」

言いかけ、和喜はそれ以上続けられなくなる。

聖陽の友人である羽根井も知っていたのだから、聖陽自身が知らないわけがないだろう。

いつから？　と訊きたい気持ちを、和喜は飲み込む。

もしかしたら、恐らくは…最初から。全て承知で聖陽はこの家に来てくれたのだ。

だから和喜はどう言っていいのか判らなくなって、困り果てた表情で聖陽を見上げた。

「俺…聖陽さんに、それだけのことをして貰う価値、ないよ。どうやったら俺、聖陽さんにしてもらったことをお返しすることが出来るだろう」

「和喜？」

「たとえそれが聖陽さんの長男という義務や責任感でも、兄としてずっと音信不通でいた良心の呵責《かしゃく》からくることでも、どちらだとしても。…俺、聖陽さんが来てくれてどれだけ助かったのか、助けられてきたのか。聖陽さんはあまりに自然すぎて、判らなかった」

「…」

「羽根井さんに、お店でも聞いたんだ。聖陽さんは、ずっと家族のために頑張ってきた人だって。最初ちゃらちゃらしているように見えていたけど、本当は違う人で…真面目で信頼の出来る人なんだって。今なら俺、それ判る。葬儀の時に親父にお経あげてくれたお坊さんも、わざわざ聖陽さんが呼んでくれたって」

葬儀の時に長男だと名乗り出なかったのは現場の混乱を招かないように、ずっと一緒に暮らしていた和喜に喪主を務めさせて父親を送り出すため。

それでもずっとずっと長く…恐らくは弔問客の中で一番長く焼香をしていたのは聖陽だ。

「この家に来てくれてからでも、そう。毎日花の水を取り替えて手入れして、仏様にお水とお茶を出して。俺がいない間にお掃除もしてくれて。テレビをつけていたのは、一緒に暮らし始めた俺と気まずくならないようにするため、だろ？　賑《にぎ》やかな音があれば会話がなくても息苦しくないし、バラエティとかなら一緒に観て笑ったり出来るし」

だから和喜が帰って来ると、テレビをつけていたのだ。和喜が二階へ上がってしまうと、聖陽はすぐにテレビを消してしまう。気がついたのは、暮らし始めてすぐだ。

「葬儀の日から聖陽さんが一緒にいてくれたから、俺は親父がいなくなってしまったショックと…この家に一人でいる寂しさを殆ど感じなかった。判ってたから、聖陽さんは当日から来てくれたんだろ？　今夜も、こうして…困った時にしかかけない電話なのに、すぐに帰ってきてくれて。万引きを疑われた時も、そう」

「和喜」

「聖陽さん、すごいきちんとした格好ですぐに迎えに来てくれた。親父が生きていた時は、二人しかいない家族で困ったことなんかなかったけど。家に帰ってから考えて。もし聖陽さんがいなかったら、俺は誰に迎えに来て貰えばよかったのか…考えて誰も出てこなかった」

少し首を傾げて静かに耳を傾けてくれている聖陽に励まされて、和喜は続ける。

「他に頼れる親戚なんていないし…俺自身が誰なのか証明してくれる人が、もうこの世にいないんだって。最悪地元の友人か、隣のおばちゃん？　とかしか、いなかったかなって」

「和喜だったら、俺がいなくても大丈夫だったはずだよ。隣のおばさんは俺を憶えててくれて、和喜のことも心配してた。何かあったら力になるって言っていたよ。…友人も和喜がピンチだったら、手を差しのべていたと思う」

和喜は小さく頷き、そしてやんわりと首を振った。

「…それでも、外の人達だから。聖陽さんほど、してくれなかったと思う。まだ聖陽さんが俺にしてくれた配慮で、気付かないことも多いはずだけど。判っただけでも、これだけある。

なのに、聖陽さんはその見返りを俺に求めたりしない。四千万だって、大金だ」

「全額を一人で揃えられたわけじゃないよ？　…そうだ、さっき金融業者が言っていたことで一つ嘘があるんだ。仮に相続放棄をしたとしても、親父がかけていた生命保険…受取人が和喜名義になっている分、あれは和喜が受け取れるからね」

「そうなのか？」

「うん。生命保険は相続財産じゃなくて、受取人の固有財産って扱いだから…贈与と同じになるはず。だから相続放棄してしまったら税金はかかってしまうけど、受け取れないってことにはならないよ。だから安心して」

「じゃあ受け取ったらそのお金で、羽根井さんに少しでも返せるかな」

「いや、それはいいよ。借りたのは俺が勝手にしたことだし。保険金は和喜が将来何かあった時に、使うお金だよ。そのために親父が掛けていたんだろうから」

「でも…たとえ羽根井さんが恋人でも、聖陽さんを信用して一千万貸してくれたんだろ？　誠意としてなるべく早く返したほうが…」

話を聞いていた聖陽は、慌てて手を上げる。

「あれ待って、和喜。ちょっと待って。ハネさんは俺の恋人じゃないよ？　なんで？」

「え？　だって…俺、本人に訊いたんだよ？　聖陽さんの恋人ですか？　って。そうだって返事があったからてっきり…。それにもし羽根井さんが恋人じゃなくても、綺麗な女の人と待ち合わせしているのを見たことが、あるし」

「いつ？」

「俺が、万引きを疑われた日。駅前で…このくらいの髪の長さの美人と待ち合わせ、してただろう？　だから俺、聖陽さんに連絡しても来て貰えないだろうな、って半分諦めてた」

聖陽ははあ、と溜息をついてから和喜の両手を握り締める。

「駅で見かけたんなら、遠慮なく声かけてよ…義妹《いもうと》だよ、それ。再婚した、相手の連れ子」

「義妹？」

「短大生で、こっちの大学で寮生活してるんだ。俺に随分懐いてくれてて、時々会わないと部屋に押しかけてくるから、呼び出しがあると適当に会ってる。あの日もすぐに別れたよ」

面倒臭そうとまではいかないが、聖陽は明らかにぞんざいな口調になっている。

それが和喜には意外に見えた。

「血が繋がっていなくても…自分の妹なら、それだけで凄い可愛がりそうなのに」

「可愛いけど…女の子だし。可愛がってるけど、義理の兄妹以上の愛情はないよ。一人暮らしの男の部屋に来るのも、正直遠慮して欲しいくらい。両親の手前、疑われたくないし」

「…自分で言うのも烏滸《おこ》がましいけど…同じきょうだいでも俺と随分扱いが違くない？」

「違って当然。本当に、違うんだから。ハネさんが恋人っていうのも嘘。あの人は高校の先輩で、生徒会時代に可愛がって貰っていたんだ。普段あの調子でオネエ言葉だけど、本性は鉄板の肉食で捕食しても女役なんか絶対しない。だから俺と、恋人になりようがない。当然肉体関係も一度もないから」

断言した聖陽は、羽根井には好きな人もいるんだからと補足した。

「じゃあどうして聖陽さんの恋人だ、なんて俺に言ったんだろう？」

「からかわれたんだと思うよ…」

羽根井は自分が恋人だと告げることで、和喜の反応を見たのだろうとは言わなかった。

そんな聖陽の目の前で、和喜はほっと安堵の溜息をつく。

「そうか…恋人じゃや、ないんだ」

「安心した？」

冗談のつもりだった聖陽に、思わず頷いてしまった和喜は取り繕《つくろ》うように早口で続ける。

「うん…あ、えーと…！　こ、恋人がいたら、浮気させてしまった、とか思ってたから」

「もしかして…俺、そんな不誠実に見える？　のかな」

自分の頬が熱くなるのを自覚しながら、和喜は首を振った。

「見えない、だから…混乱したんだ。聖陽さんに、また負担かけてしまったかと」

「和喜が言う負担が判らないけど。俺は和喜と寝たこと、後悔なんかしてないよ」

「…！　でも…」

「それとも、和喜はやっぱり嫌だった？　勢いで、男とセックスして…俺に抱かれたこと」

聖陽の口から綴られた具体的な単語に、和喜の肩が羞恥で跳ねる。

「嫌だったら…！　聖陽さんにされながら、あんなふうに…なったり、しない。以前痴漢《ちかん》に遭った時、吐きそうなくらいの嫌悪感しかなかった。男に触られて、あり得ねぇって。だけど聖陽さんに触られても、そんなの全く感じなかった。むしろ…その逆で」

「逆？」

「その…よ、よがったり、とか…だよ！　誰かとそんなことするの、初めてなのに。聞こえてくる自分の声が、信じられなかった。聖陽さんにされて…自分がどっかおかしくなっちゃうんじゃないいくらい、よすぎて…声まで嗄《か》らして。挙げ句に腰が抜けて立てなくなって、風呂場まで連れて行って貰って…また…」

聖陽に丁寧に洗って貰いながら、シャワーと指で受け入れた彼の精液を掻き出されて感じ、そこでもまた求めて愛して貰った。何度挿入されて果てたのか、覚えていない。

「和喜…」

「だから…引っ込みつかなくて、聖陽さんにされたわけじゃ、ない。男同士で…兄弟、なら尚更ハードルが高いのに、そんなに簡単に出来るものでもない…だろ」

聖陽が好きだから、抱かれたのだ。誰よりも深く、繋がりたかったから。

だけどそれは自分のエゴであり、暴力に等しい一方的な想いだと判っていた。

「俺も和喜と同じ気持ちなんだけどな。…ねえ和喜。俺は、和喜に一つだけ望んでる」

「何？　俺で出来ることなら、なんでも。それで少しでも、聖陽さんに返せるなら」

好きなのに、苦しい…苦しいのに、相手を求めて甘く疼《うず》く。

触れることを許して欲しくて、相手しか自分に触れさせないのだと伝えたくて。

自分の心の中に、誰よりも特別な場所に住んでいるのだと…言いたくて。

まるで真の暗闇《くらやみ》の中で手をのばし、相手を探しているよう。

「返さなくてもいいんだけど。俺はね、和喜がただ…しあわせでいてくれることを望んでる。日々の生活の中、ちょっと残念だったりする日もあるだろうけど、それ以上に笑って過ごして欲しい。生まれてきてよかった、ってそう思えるような人生を送って欲しいんだ」

「聖陽さん…」

「その手伝いが出来るなら、俺は何でもするから。でもそれはお兄ちゃんだからだとか、義務感とか責任感とか？　あと…良心の呵責だっけ？　じゃない、俺個人の望みだよ」

和喜は聖陽を見つめたまま、口を開いた。

「それなら…俺を、好きになってよ聖陽さん。俺が、聖陽さんを好きなように…兄弟だからとかじゃなくて、誰かを想うように、聖陽さんの特別になりたい」

「和喜」

和喜は聖陽の上着の裾を摑む。迷子になって、泣いて泣いて…やっと見つけたように。

「俺のしあわせを望んでくれるのなら…俺を独りにしないで。遠く離れて行ってしまわないで。兄なのに好きになってしまった負うべき罪は全部、俺が受けるから。…俺は何も持ってないけど、その代わり俺の全部…聖陽さんに渡すから」

「和喜…」

驚きで目を見開く聖陽を見ているだけで、涙が浮かんでくる。

「ごめん、聖陽さん。俺…弟、なのにあなたに惹かれてしまった。多分、最初に逢《あ》った時から。だから、兄貴と言いたくなかった、んだと…思う。駄目だって判っているのに、想いが募って…羽根井さんとのキスを見て、嫉妬で狂いそうだったんだ。だから、抱かれたくて…そうして貰った。こんなこと言うの、聖陽さんを困らせるだけだって、判ってる。…だから…好きになってしまって…ごめ…んぅ」

頬を両手で包むように口づけされ、和喜の言葉は最後まで続かなかった。

「謝るのは俺のほうだよ、和喜。言わせてしまって、御免。和喜が負い目を感じることなんて、何一つないんだ」

「聖陽さん？」

「ねぇ和喜…もし和喜が許してくれるなら。…和喜の兄貴でいるのをやめてもいいかな」

「…！」

聖陽は再び和喜に口づけるために、唇の上で囁く。

「俺はずっと、そうしたかったんだ」

「…っ」

和喜の返事は聖陽の深い口づけに封じられ、聞こえなかった。


二日後、二人は相続の手続きをおこなうため、司法書士に依頼した書類と共に知りあいの弁護士事務所へ赴《おもむ》くことになった。

約束は午後の一時。午前中にどうしても抜けられない講義があるからと、事務所で待ち合わせる約束をしたのだが、聖陽が約束より少し早く事務所に行くと和喜はすでに来ていた。

「早かったね」

「和喜こそ」

「うん」

聖陽が到着したことで、待っていた初老の弁護士は書類を見ながら確認を始める。

パーティションで区切られた打ち合わせ用のテーブル席で、弁護士が携えた書類を確認しているのを待っている間、和喜が思い出して口を開いた。

「…そう言えば、金融業者が家に来た時。お金があったのなら、あの場で支払ってもよかったんじゃないのか？　って後から思ったんだけど」

「映画やドラマじゃあるまいし、もし持って来ていた書類が偽造されていて、彼らがそのお金を持ち逃げしたらどうするの？　…とか、可能性あると思うよ」

二人の話を聞いていた弁護士が、苦笑混じりで口を開く。

「少なくとも、法的効果がないかも知れない場所での精算はお勧め出来ませんよ。そのために私達がいるんですから」

「そうですよね、すみません」

ぺこりと素直に頭を下げた和喜へと笑って頷きながら、弁護士は書類を広げた。

「ご連絡戴いた後にも確認しましたが、連帯保証人になっていた分だけで他に大きな負債はありませんでした。なので、お父様の遺された財産はこの書類に記載されている通りになります。連帯保証人の分を返済という形で精算し、残りの遺産についてはお兄さんの聖陽さんは相続放棄、弟さんの和喜さんが相続される…でよろしいでしょうか」

向かい合った席で確認する弁護士へ、和喜は手を上げる。

「すみません、弁護士さん。そのことなんですが…俺も相続放棄します」

「和喜!?　どうして…相続放棄したら、あの家も手放すことに…」

驚く聖陽へ、和喜は小さく肩を竦めた。

「ごめんね、聖陽さん。もう、決めたんだ。大きな遺産はあの古い家だけだし、そんな家に俺が執着して聖陽さんにばっかり負担かけさせることもないだろ。本来受け取るべき正当な相続者は聖陽さんなのに、その聖陽さんがいらないなら俺もいらない」

「和喜？」

「俺はあそこで育ったから、思い出が沢山あるあの家に未練がないと言えば正直嘘だよ。でも考えてみたら、思い出は自分の中にもあるんだし…連帯保証人なら親父が直接借りた金じゃない、だから息子の俺達が返す責任もないよね。俺にとって親父が遺してくれた遺産は、聖陽さんだ。それだけあれば、充分。なので弁護士さん、俺も相続放棄で進めてください」

「それがご本人の意思なら、そう手続きします」

「和喜」

この事務所へ訪れた時から、先に来ていた和喜の様子が少しだけ違う。

異変を察した聖陽へ、和喜は書類の一枚を指差して自分からその答えを告げた。

和喜が指を差したのは、家族の戸籍。そこに記載されていた、続柄。

「…羽根井さんと話をしてから、もしかしてと思っていたんだけど。俺、養子縁組で片桐の家にひきとられていたんだね」

「！　ハネさんが、なんて…」

「羽根井さんのせいじゃないよ、話をしていて…羽根井さん『聖陽のお母さん』って言いかたをしたんだ。聖陽さんのお母さんなら、俺の母親のはずなのに。俺は親父から母親は死んでるって聞いてた。聖陽さんもそう言ってたよね、だけどその後聖陽さん、まるで母親が生きているように言ったんだよ『俺の両親の手前』って。それであれ？　って」

「…」

「それ以前に、俺ずっと不思議で。片桐和喜って、苗字と名前で『か』が続くから、なんか名前の語呂が悪いなあってずっと思っていたんだ。養子で片桐の家に迎えられたのなら、納得出来る。…だから今日、その確認をするのに少し早くここへお邪魔したんだ。確認して、そうかやっぱりって。そしてよかったって思った」

和喜の口調は冷静で落ち着いていた。声の中に動揺は感じられない。

むしろ予測していたことを確認して、安堵しているようだった。

「和喜…」

和喜は横に座る聖陽を改めて見つめる。

「聖陽さんがあの家に来た時、俺『本当に血の繋がった兄なのか？』って、俺が訊いたのを憶えてる？　聖陽さん、無言のままだったんだよね。俺とは血は、繋がっていないから」

「…よく、憶えてるね」

「羽根井さんも知っていたことを、兄だった聖陽さんが知らないはずがない。だけど俺が知らなかったことで、言えなかったことも多かったと思う。血が繋がらないのに、片桐の家で本当の親のように、そして兄弟のように大事にして貰えてた。…それでもう充分だから」

祈るような囁きに、聖陽は弁護士から見えないテーブルの下で和喜の手をそっと握る。

和喜もまた、その手を握り返した。誰よりも誰よりも…慕る想いで。

「和喜がそう言うなら。その代わり、一つだけ条件がある」

「条件？」


弁護士事務所での手続きは、そう長くかからなかった。

和喜が相続放棄の申請をしたことでもう一度来ることになるが、煩雑《はんざつ》な手続きは今日で終わりになる。あとは弁護士に任せてしまう流れだ。

揃って弁護士事務所を出て来た二人は、大通りに沿ってタクシーを拾うために歩き出す。

「うわ、外は灼熱《しゃくねつ》だな…あちー」

クーラーが効いていた事務所の中とは違い、外は真夏の気温だった。

「聖陽さん…相続放棄のこと、相談しないで一人で決めてしまってごめん。でも俺…」

遠慮がちにきりだした和喜の言葉に、少し先を歩いていた聖陽は振り返る。

「うん、いいよ。和喜が決めたことなんだし。驚いたけど、反対はしないよ。大丈夫」

言葉通りの様子の聖陽に、隣に並ぶ和喜は安心してほっと息をつく。

「聖陽さん…それで、さっき言っていた相続放棄を許してくれる条件って何？」

和喜の言葉に、聖陽は暑さにスーツの上着を脱ぎながらわざと人の悪い笑みを浮かべる。

「うーん、それね。どうしようっかなあ」

「…？」

平日昼間の時間帯で車の通りは多いのだが、なかなかタクシーが捕まらない。

「こんなことなら車、持ってくればよかったな…。和喜、これから時間ある？　予定がなければつきあって欲しい所があるんだけど」

聖陽の誘いに和喜は承諾し、二人はちょうど通ったタクシーを拾って乗り込んだ。

だが乗り込んで間もなく、聖陽はとある瀟洒《しょうしゃ》な高層マンションの前でタクシーを停《と》める。

乗車してから、十分も経っていないだろう。

「…ここは？」

「俺ん家《ち》」

「えっ⁉」

「…おいで」

驚く和喜の手をとり、聖陽は警備員の立つホテルのようなエントランスホールを抜けて、エレベーターで最上階へ向かった。

静かな廊下を抜け、重厚な扉を抜けたところが聖陽の所有するマンションの一室だった。

「…」

部屋はモノトーンで統一された広い４ＬＤＫ。三つある部屋全てにウォークインクローゼットが配され、リビングダイニングルームは呆れかえるほど広い。

窓から明るい日差しが入る部屋の中はまるでモデルルームのようだ。空調は自動設定されているのか、室内は入ってきた時から快適で涼しい。

無駄のない洗練されたテーブルと、リクライニングチェア、そしてアップライトピアノと…もっとも目立つのは窓際にある広いデスクに多面モニターが置かれたパソコンだった。

雑然としたパソコンの周囲だけが、ここに人が暮らしている生活を感じさせている。

「この部屋、全部が聖陽さんの…？　このリビング、何畳くらいあるんだ？」

「三十五畳…くらいだったかな。ハネさんの店に行く前に、ここで着替えて通ってた。ハネさんのお店ほどではないけど、ここも窓から見下ろす夜景が凄く綺麗だよ」

言われてみると、ダイニングテーブルの椅子の背もたれに見覚えのあるスーツがかけられている。

「もしかして聖陽さん、凄いお金持ち…？」

部屋の中を見渡し、和喜は思わず溜息が出る。とにかく広い、そして快適そうな部屋だ。

「会社勤めをしなくていいくらいで、凄いお金持ちじゃないよ」

「…でも、聖陽さんが持ってるスマホ。限定どころか、一般販売されていないやつだろ？」

言われ、聖陽はズボンのポケットから自分のスマホを出した。

「え？　あぁこれ、継父さんの会社関係で貰ったんだ。扱いやすくてそのまま使ってる」

「だけど、家を追い出されたって…。その後に、引っ越してここに来たのか？」

「東京に出て来てから、ずっとここで暮らしてる。親父の葬儀の頃、建物レベルで大規模な内装工事があったんだ。その間はここで暮らせなかったから」

何でもないことのように言う聖陽を、和喜はしみじみと見つめる。

「本当に…俺、聖陽さんのことで、知らないことばかりだ。…違う、俺が訊かなかったんだよね。拒まれたり、訊くことで嫌われたら怖くて。聖陽さんはいつも、俺に開いていてくれたのに。もっと訊いていたら、違っていたかな。たとえば…好きなもの、とか」

「甘いものに目がないよ」

「そうなのか？　じゃあ今日、甘い物買って帰ろうよ。…それで、聖陽さん。条件って？」

聖陽が暮らす家がこうしてあるのなら、あの家がなくなっても安心だ。

「和喜が相続放棄してあの家を手放すなら、ここで一緒に暮らすこと。それが俺の条件。今日は下見で連れてきたんだ。ここなら和喜の大学からもそう遠くないし…どうかな」

「！　聖陽、さん…でも、俺…いいの、か？」

「いいも何も…俺はむしろ承諾して欲しいって思ってる」

「俺が…離れていかないで、て言ってしまったから？」

「まさか、違うよ。言っただろう？　和喜のお兄ちゃんをやめていいかな、って」

聖陽は和喜の両手をそっと握り締める。

「和喜が養子でいたこと、言えずにいて御免。和喜のご両親は亡くなっていたし…親父も、言えなかったんだと思う。だけど本当の息子以上に、和喜を可愛がってた」

「聖陽さん」

「葬儀の夜、本当のことを告げるつもりでいたんだ。血は繋がってなくても、兄として支えるからって。だけどその時の和喜は俺のことを忘れてしまっていて…俺は兄として和喜の記憶に存在していない。そんな状態で和喜が養子だと告げてしまったら、本当に天涯孤独になってしまう。そう思ったら…言い出せなかった」

「でもそれは結局…俺のために、言わずにいてくれたんだろ」

和喜の手を握り締める聖陽の手に、力が籠《こ》もる。

「だけど…言わなかったことで和喜を苦しめてしまった。俺は血が繋がっていないと判っていて…和喜を抱いたから。俺はずっと和喜を抱きたかった。抱いて、愛したかった」

「…っ」

恥ずかしさで思わず手を引こうとするが、聖陽はそれを許《ゆる》さない。

そして少し屈んで、近くへと顔を寄せる。息が吹きかかりそうに近くて、和喜は思わず目を伏せる。目を開けて、聖陽を正視出来ない。

「…和喜のいい兄でありたいと思うよりも、もっと強い気持ちで和喜に惹かれていた。和喜はどうして？　って俺に訊いたよね。その理由を、言ってもいいかな」

優しい声で囁かれる、聖陽の声。その声は、どんな嬌声《きょうせい》よりも和喜の耳に淫《みだ》らに響く。

「聖陽さん…」

「誰よりも好きだよ、和喜。弟としてではなく、一人の人間として。もし血の繋がった兄弟だったとしても、きっと和喜を好きになっていた。だから俺は…和喜と血が繋がっていないことをどれだけ感謝したか知れない。ね？　本当はこんなふうに、自分のことばかり考えていた人間なんだ」

「俺は…もしかして酔った勢いで、俺とそうして。聖陽さんに、実の兄弟で交わった罪を犯させてしまったかも知れないって…ずっと思ってて。だけど想いはもっと募って。そして同じように、聖陽さんと兄弟じゃないと知って…ショックよりも嬉しかった」

「言っておくけど俺、酒はほぼザルだよ。酔っているフリでもしていなかったら、和喜を口説けないと思ったから。ハネさんからのキスが、口実になっちゃったけど」

あの人は、俺が以前から和喜に抱いている想いを知っていたから。…そう囁く聖陽の声はどこまでも甘い。甘く、和喜の心を震わせる。

「…そうか、それで。羽根井さんが…どうして俺にそこまでしてくれるのか、聖陽さんに理由を訊いてみろ、って言ってた」

「ハネさんが？　あれ…なんだあの人、結構和喜に話してるじゃないか…」

それが唯一、聖陽を解放する方法だと羽根井は言っていた。憂《うれ》いに終わったが、和喜が望まない答え、というのは和喜が聖陽と同じ気持ちではなかった場合を想定したのだろう。

「同性と兄弟の二重苦。和喜に自分の気持ちを打ち明けてしまって、拒まれるのが怖かった。遠ざけられて、もしかしたら成人するまで兄としても護ってやれないことがあったら、俺は悔やんでも悔やみきれなかったから」

聖陽の手が離れ、その指先が俯いたままの和喜の頬を優しく撫でる。

その指先の心地好さに誘われ、和喜は聖陽へと顔を上げた。

「こんなことなら俺、自分の気持ちに気付いた時に…玉砕覚悟で聖陽さんに告白しちゃえばよかった。好きだから、聖陽さんとセックスしたい…だから愛されたいって」

「和喜」

「告白してたら、こんなふうにぐるぐる悩んだり…聖陽さんも俺に言えないことで苦しい想いをさせずに済んだのに。一人ぼっちになった弟としてでなく、俺と同じように聖陽さんが想っていてくれたなんて、そんな傲慢《ごうまん》…」

不意に涙が溢《あふ》れて喉《のど》が詰まり、和喜は言葉が最後まで続かなかった。

「泣かないで、和喜」

「好きだ聖陽さん…大好き…聖陽さん以外、もう二度と誰も好きになれなくても、いい」

「じゃあ俺だけ見てて、和喜。他の誰かを好きになんかさせないから、大丈夫」

そして聖陽は、和喜へと手を差し出す。

「聖…?」

「この手を、取る? 和喜。俺達は血は繋がっていないけど、でも兄弟なことは変わらない。だけど俺のこの手を取ったら、ただの兄弟にはもう…戻れない」

「…っ」

「まあ実際はもうただの兄弟ではなくなっているけど、一応あれは今ノーカウントで。その代わり、兄弟としてだけではなく…恋人として家族として、一緒にいることは出来る」

聖陽が差し出した手の意味を、和喜は知っている。だが和喜は、迷わなかった。手を重ね、ありったけの想いで微笑《ほほえ》む。

「…うん、聖陽さん。俺はそれがいい。何もかもを失っても、聖陽さんを愛したい。ずっと聖陽さんと…あなたの、隣にいたいんだ」

そして一度恭しく腰を落とした聖陽は、重ねた和喜の指先へと唇を押し当ててから繋いだ手を自分の胸元へと押し当てる。

「誓って、和喜。これからも、ずっと一緒にいる。辛い想いをさせて、御免」

「…うん」

それ以上言葉が出なくて、和喜は聖陽へと縋りついた。聖陽もまた、想いの丈で彼の背へと手をまわし、強くつよく抱き締める。

「聖陽さ…ん…ぅ」

そして想いが通じて初めて、二人は愛している気持ちのまま口づけを重ねた。

「…ね、和喜。この部屋のベッドの感触も、試してみない？」

悪戯《いたずら》を思いついた子供のような瞳《ひとみ》で訊《たず》ねてくる聖陽に、和喜は頬を染めながら頷く。

「…うん」


「…ぁあ、ふっ…んん…」

リビングの隣にあった寝室も広く、黒のモノトーンで統一されていた。

ベッドは広いダブルベッド。窓は広く二面あるが、聖陽にマウントポジションを取られている和喜にはそこから見晴らしのよい昼間の景色を愉しむ余裕はなかった。

「和喜、和喜…」

「聖陽さん…ぁ、あ…！」

着ている服がもどかしく、互いに脱がせあった。この間の時とは違う、どこか余裕のない聖陽にベッドの上に仰向《あおむ》けに押し倒され、貪《むさぼ》るような口づけを何度も重ねている。

「外歩いてきて…俺、汗臭い。シャワーとか、浴びない？」

「これからもっと汗掻いて、どっちの匂いか判らなくなるよ？」

からかうような聖陽の囁きに、和喜は口づけで濡れた唇を舐《な》めながら軽く顎を反らせた。

「…俺、聖陽さんの匂い凄ぇ好き」

「そう？」

「うん…なんか、甘い」

キスだけで感じ、両膝の間に聖陽を受け入れた和喜は何度も自らの内腿をその腰へと擦りつけ、また深く求める。

「あぁ、それは判る。俺も和喜の匂い好きだな」

「嘘だ、絶対汗臭いって…んぅ…、ね…聖陽さん…俺の、触れて」

「いいよ」

聖陽はもう一度和喜へとキスをすると、体を浮かせて和喜自身に触れた。

「…っ」

自分でねだっておきながら、それでも恥ずかしさに思わず下肢へと手をのばす。

「聖陽、さ…」

「和喜」

聴く人々を魅了していた、柔らかにピアノを弾く聖陽の指が自分自身を愛撫してくれている。そう思うだけで感じ、疼くように自身に血が集まってくる感覚に和喜は体を震わせた。

「俺、も…聖陽さんの触りたい。駄目？」

「いいけど…大丈夫？」

「うん…っあ」

和喜は腕を捕られ、軽々と抱き起こされる。そのまま聖陽の腰を挟むように両膝を広げて、彼の膝の上を跨《また》いだ。そうすることで体が自然と近付き、屹立《きつりつ》した互い自身が触れる。

「目、瞑っててもいいよ」

聖陽はそう前置きすると、和喜の背へと腕をまわして自分に密着させて下肢を見えなくさせてから性器が重なるように手の中でまとめ、追いたて始めた。

「あっ…あ！」

自分を翻弄する聖陽の指使いと、触れている彼自身で二重に擦られ、和喜は逃げるように聖陽の首へと両腕をまわして縋りつく。無意識に揺れてしまう腰の動きに合わせ、気持ちがいい部分だけを聖陽は刺激してくれる。

初めて体を重ねた時も、聖陽の手で施しを受けた。だけど、今夜はその比ではないほど和喜は感じている。

「他の…」

「ん？」

「他の奴と、こんなの…絶対に、無理。だけど、聖陽さんのは…」

「気持ち悪くない？」

訊かれ、和喜はふるりとしどけなく首を振った。部屋が冷えているのに、汗が伝う。

「聖陽さんの手で扱かれてるだけで、頭ん中…変になりそう」

「…こう？」

「んあ…あ！」

聖陽が自分と同じ気持ちでいてくれた、それだけでこんなにも感じかたが違うとは和喜は思わなかった。だから和喜も聖陽自身へと手をのばす。

「俺も、聖陽さんの…したい」

「いいよ、俺は。和喜がそんな艶っぽい表情見せてくれてるだけで勃《た》つ」

そうじゃない、と和喜は首を振る。

「聖陽さんとこうしてるだけで、俺もおかしくなりそうだけど…それだけで、聖陽さんに抱かれたいわけじゃない」

「和喜？」

改めて聖陽へと手をのばし、その胸元に触れる。

「聖陽さんが、好きだ。だから一方的に抱かれたいんじゃなくて…愛しあい、たいんだ。だから聖陽さんに触れたいし、聖陽さんが俺にしてくれることを…俺も、したい」

「…ありがとう、和喜。これから少しずつ、和喜に俺が出来ることを教えるから。…今日は俺に、和喜を愛させて？」

「あ…うん…！　でもその、聖陽さんが女役でしたい、とかそういう意味ではなくて…！

というか、俺が聖陽さんに何かするのって、ホントにまだ無理だから…！」

これ以上は恥ずかしくて、顔を見ては言えない。だから和喜は腰を浮かせて聖陽へと縋りついた。その下肢へ、潤滑剤《ローション》で濡らされた聖陽の利き手が滑り込む。

「続き、聞かせて…和喜」

花弁へ深く沈む指が増やされ、そこから聞こえてくる濡れた音が和喜を震わせる。

「ぁあ…！　ん…だ、から…俺に、挿れて」

「喜んで、和喜…愛してる」

「俺も、聖陽さん…んぅ…」

何度唇を重ねても満足出来ず、互いの体をまさぐりあうように求めながら、繰り返し喘ぐ。

やがて和喜の体から力が抜けて馴染《なじ》み、充分に受け入れられる状態になっていく。

「御免、和喜…もう、いい？」

「うん、俺も…っ、聖陽さん…俺、聖陽さんの顔…見ていたい」

「向きあう格好だと、まだ和喜の負担が大きいよ。大丈夫？」

心配してくれる聖陽に、平気だと和喜は首を振る。

「この間は、ずっと背中で聖陽さん…を、感じてた。だから俺としてる時、聖陽さんがどんな表情してたのか…一度も見てない。辛くなんか、ないから」

そう言って仰向けになる和喜に、聖陽は初めて照れ臭そうな表情を浮かべた。

「してる時の俺の顔なんか、見ても面白くないよ…？　余裕なくて、格好悪いし」

「余裕ない聖陽さん…見たいけど」

「うわ…こういう時に、そんなこと言うの？　…見ても、幻滅《げんめつ》しない？　俺が和喜に溺れてる時の顔なんか、絶対格好悪すぎる」

熱っぽい声で聖陽は囁き、和喜も欲情で掠れながら両腕を広げる。

「するわけ、ないよ。それに…本当に格好悪くなっても、普段あれだけ格好いいんだから…大丈夫…ぁ、あ…！」

「和喜」

和喜の掠れた声を聞きながら、聖陽はゆっくりと挿入し結合《けつごう》を果たしていく。

屹立し熱く滾《たぎ》る聖陽自身が深く、全てを受け入れる和喜の中に沈む。

「聖陽、さん…っ、あぁあ…！」

聖陽と一つになっている、それだけで和喜は満たされて死んでしまいそうだった。

「辛い？　…泣かないで、和喜」

聖陽を受け入れた圧迫感に、和喜の呼吸がままならない。

辛くないのに、溢れて止まらない涙で滲《にじ》む視界の中に、それを優しく拭ってくれながら欲情して瞳を潤ませている聖陽が映っている。

「…っ、う…聖陽、さんも…気持ち、いい？　の、か？」

「和喜の中、熱くて…達《イ》かないで我慢してるだけで、今、精一杯《せいいっぱい》だよ…俺も、しあわせで泣きそう」

額に汗を浮かばせている聖陽は優しく囁くと、励ますために和喜の前髪へと口づける。

「…もう、和喜を独りにしたりしない。だからもう、泣かないで」

「うん…あっ…！」

聖陽は縋る和喜の手を、シーツの上へと釘《くぎ》づける。

そして、これまでの想いの丈で互いに求め、深く愛しあった。


家の風呂よりもずっと広いバスルームの中、心地好いシャワーミストを放出させながら聖陽はバスタブに腰かけて和喜の髪を洗ってやっている。

外はとっくに日が暮れ、バスルームの窓からも静かな都会の夜景が広がっていた。

喘いで声が掠れるほど愛を確かめあった二人は、今夜はこの部屋で過ごすつもりでいる。

「聖陽さん、俺…一つ、訊いてもいい？」

「ん？」

体力を使い果たし、体を動かすのもままならない和喜をここまで運んだのは聖陽だ。

甘い匂いのシャンプーで汗に濡れた髪を洗ってくれる聖陽に、バスタブの中で任せている和喜は続ける。

「その…俺のどこがよくて…好きになって、くれた…の？」

「！」

聖陽の手が一瞬止まり、そして照れを隠すように今度は少し乱暴に泡をたて始めた。

「…大きくなった和喜を見たのは、葬儀の時。親父の息子として喪主を一生懸命務めていて、泣くのを我慢していた姿かな。独りで背負う悲しみを、必死に我慢してた」

「うえっ⁉　そこ？　俺…てっきりもう、ずっと前から俺を知ってると…だから、葬儀の日に、来てくれたんだと思ってた」

「親父が死ぬ…二ヶ月くらい前かな、突然連絡があったんだ。酒飲まないか？　って。俺が東京へ戻っていたのは以前から知っていたのに、会いたいなんて連絡来たことなかったから驚いた。…その時に、自分にもしものことがあったら和喜を頼むって言われたんだ」

「父さんが？　俺を？」

「だから…そのことを俺に頼むために、わざわざ連絡を寄越したんだなって。俺にとって、それが親父と会った最後になった。もし頼まれていなくても、和喜に何かあったら援助するつもりではいたんだけど。…それから素性の知れない俺を、家に入れてくれただろう？」

「それは…あの時なら、俺じゃなくても誰でもしたと思う」

聖陽は違う、と首と振ってから続ける。

「それでもせいぜいが一泊か数日程度しか泊めないよ。だけど和喜はそんな俺の氏素性を問い質《ただ》すことなく、翌日からお弁当を作ってくれた。夜も、俺が気遣わないように早めに自分の部屋へ上がって、一階を好きに使わせてくれたり。朝もソファで寝てる俺が目を覚まさないようにしてくれたりね。和喜が警戒心の強い子なのは、知ってる。それでも…俺にそうしてくれたんだ。そこに…たまらなく惹かれた。好きだと自覚したのは、割とすぐだったよ」

「聖陽さん…」

じっと見つめていた聖陽が、もう我慢出来ないと言うようにやがて肩を震わせた。

「訊いたほうが、打ち明けた俺より真っ赤なのはどうして？」

「だ、だって…！　…本当に？　そんなことくらいで？」

紅潮が取れるわけではないと判っていても、和喜は乱暴に自分の頰を拭う。

「そんなこと、だから。小さな積み重ねだから、俺の本当の気持ち。だけど好きだと打ち明けることは出来ないと思っていたから、どんなことでも和喜には嘘はつかないと決めてた」

和喜は聖陽を見つめた。聖陽もまた、満たされて優しいまなざしで見つめ返している。

「最初に家に来た時、ホテルか何処かへ行けばいいのにって言った俺に『そんな余裕ない』

って聖陽さん、言ってた。あの時は金銭的な理由だとばかり思っていたんだけど…あれは父さんの死で俺の余裕がなかったからって意味だった…？」

「…」

聖陽は返事の代わりに少しだけ首を傾げた。それが今の和喜には肯定だと判るから、胸が甘く痺れる。

「それから俺気付かなくて、苛々して聖陽さんを何度も責めてしまったけど。聖陽さんが俺の前で最初からずっと笑ってくれていたのは、俺を励ましてくれるためだったんだろ？　離れて暮らしていても、本当の父親が死んで聖陽さんだって悲しくないわけ、ないのに。そして俺は聖陽さんの笑顔に、慰められていたよ」

その時からすでに聖陽が自分のことに心を傾けてくれていたことを知り、嬉しくて恥ずかしくて和喜はいつもより少し早口で饒舌《じょうぜつ》になっていた。

「お茶碗《ちゃわん》と湯飲みを割ったのも。用があって父さんの部屋へ入った時、そこにいた時の父さんを思い出して、あるはずのものがない感覚に、俺…ぐらぐらしたんだ。だから聖陽さんが部屋にいた時に、父さんと面影が重なって驚いた。それで大きな声を出してしまって、聖陽さんを責めた。…日常使っていたものほど、ダメージがある。だから大人の聖陽さんが、来てすぐに割ってくれた…違うかな。部屋を片付けるよと言ってくれたのも」

この家で聖陽の行動全てが和喜を想い、してくれたことばかりだったと今更に気付く。

「そんな聖陽さんに、俺…何が返せるだろう?」

「何もいらない。和喜が笑ってくれたら、それでいい。俺にとって、それが全て」

「…でも」

シャンプーを流すため、聖陽はシャワーを手に取る。溢れるお湯から、柔らかな湯気が浴室に広がる。しばらくの間、二人の間にはシャワーの音だけがあった。

「…親父は教師で、死んでからも生徒さんにとっては一人の教師。親父が『父親』に戻るのは、この家に帰って来てからだけ。時々生徒さんが暮らしていたから、それもままならないこともあった。葬儀の時、泣いていたかつての教え子や生徒さん達の姿を見ていたら、旅立った親父はどこか遠い存在だった。和喜は、葬儀にも泣くことすら出来ずにいたのに」

「…!」

髪を洗い終え、聖陽は和喜の全身にシャワーをかけてやる。

「俺達はあの人の息子なのに、お願いだから帰ってきてと棺《ひつぎ》に縋って泣きじゃくることも出来なかった。…だけど、俺には和喜がいる。父親を亡くした悲しみを和喜となら共有出来る、遺された家族として偲《しの》び泣くことが出来るんだって思うだけで…俺は救われたような気持ちになったんだ。…和喜がいてくれて、よかった」

聖陽の告白に、和喜は湯船から腰を浮かせた。ざばり、と泡の湯船が大きく揺れる。

「俺も…! 同じ、気持ち…! 弔問《ちょうもん》に来てくれた生徒さんが泣いている姿にすら俺、嫉妬した。だから聖陽さんに丸投げして部屋へ逃げたんだ。父さんを…取られたみたい、で…」

溢れて落ちた涙に、和喜の言葉は最後まで続かなかった。

「和喜」

「そうか…聖陽さんの前なら、俺…泣いても、いい…んだよな?」

「うん」

聖陽は和喜を抱き締め、その体に柔らかくあたるシャワーをかけ続けた。

その音が、やっと父の死に泣くことが出来た和喜の嗚咽《おえつ》をかき消してくれる。

「父さん…どうして、死んじゃったんだよ…」

縋って声をあげて泣き続ける和喜の頬に、シャワーだけでなく熱いものが伝う。

それが自分を抱き締めて支えてくれる聖陽の涙だと判り、和喜はますます涙が止まらなくなった。聖陽も自分と同じ気持ちを抱えていて兄弟として泣くことが出来る、兄を与えてくれていた父親に和喜は初めて感謝し、その魂が天国へ向かうようにと祈る。

やがて気が済むまでひとしきり泣いた和喜の頬に、聖陽の唇が触れた。

「大丈夫?」

「…ん。泣かせてくれて、ありがとう…聖陽さん」

「俺のほうこそ。和喜がいてくれて、よかった。まさか息子達が裸のままバスルームで泣かれているとは、親父も少しはせつないって思ってるかも知れないけどね」

そう惚《とぼ》けて笑わせてくれる聖陽に、和喜も笑みを浮かべる。

「そうだ…聖陽さん、欲しい物があるって言っていたよね？　もし相続放棄してしまったら、受け取れなくなってしまわないのか？　いや、でも遺品じゃないとも言ってた…？」

「欲しいのは、和喜だよ。だから相続出来ないし、遺品でもない」

「俺…？　あ…その…俺で、いいの？」

「ある意味最大高価な遺品だとも思うけど。…こんなふうに、恋人を想う愛情で抱き締められるとは想っていなかったから」

「…俺も、聖陽さん。俺も、ずっと聖陽さんに触れたかった。俺を抱き締めてくれて、ありがとう。俺がありがとう、って言うのも変かも、だけど」

恥ずかしそうな和喜に、聖陽は蕩けそうな笑顔を浮かべる。

「…じゃあお風呂から出て、もっと抱き締めてあげる」


バスルームから出て横になったベッドは新しいシーツに替えられて心地好く、窓の向こうにはバスルーム以上に広い夜景が瞬いている。

和喜は再び愛してくれた聖陽の腕に抱かれながら、その全てを預けていた。

そんな和喜の汗で濡れた髪を、聖陽は愛《いと》おしくてたまらないというように弄んでいる。

「…体…辛い？　無理させて、御免」

「辛くないと言えば、嘘だけど。…でも、聖陽さんに愛された痛みだ。…駄目だ、今日はもう無理って思ってたのに…思い出すとまた、止められなく、なる」

自分の腕の中で耳まで赤くする和喜の前髪へ、聖陽は慰めるために唇を寄せた。

「和喜を愛せると想うと、俺のブレーキが利かないのがよく判った。いくらでも愛してあげるけど…これ以上は和喜の体が持たない」

確かに言われた通りなので、和喜はブランケットに鼻まで沈む。

「うぅ…それなら何か話をして、ください」

「話？」

「俺、聖陽さんの声…好きだから。うーんと…例えば、俺の両親のこととか」

「えっ、ここで今？　この状況で？」

思わず苦笑いの聖陽に対し、和喜は真剣な表情だ。

「俺、聖陽さんとこうなったからって死んだ両親に後ろめたいとは思ってないし。最初に、あの家でした時…聖陽さんが仏壇のある和室の襖を閉めた時は、正直ほっとしたけど」

本当にそう思っているらしい和喜の様子に、聖陽のほうが照れてしまう。

「さすがに親父が見てるかも知れないと思うと…良心以外の何かも痛んで」

「それなら二階の俺のベッドですれば…萎えるって、聖陽さんに断られたけど」

「もし和喜の部屋でして、冷静になった時に…俺とのことが思い出したくない記憶になったら。自分のベッドが兄貴と寝た記憶と直結する。毎日使うものに、そういうのを焼きつけたくなかったんだ」

「リビングのソファも、割と日常使うんじゃないか？」

腕の中から見上げる和喜を、再び髪を弄りながら聖陽も見つめ返す。

「ベッドを使わなかったのと、真逆の理由。和喜は未経験っぽかったし。ベッドでする普通のセックスとは違うイレギュラーな場所のほうが、特異な記憶になると思ったのと…」

「…と？　あと何…」

「そういう場所のほうが、刺激的で盛り上がるかな？　って。実際そうだったし」

「聖陽さん…！」

「あと、和喜が指摘した通り、和喜を抱く自分の顔が恥ずかしくて見られたくなかったから…ずっと背中から、だったし。見抜かれたと思って、さっき慌てた」

「！　ずるい」

「大人はずるいの」

聖陽は思わず体を起こそうとする和喜の腕を笑いながら摑んでとどめ、その鼻筋へ音をたててキスをしてから両腕で抱き締める。

「…あの日、親父の部屋で探していたのは、和喜のご両親の写真。その時、親父が連帯保証人になってることを知ったんだ」

直前とは打って変わって、真剣な聖陽の声。

「言ってくれれば…聖陽さんを疑わずに済んだのに」

「和喜の本当のご両親の写真を探してましたって？」

「あー、そうか…俺はまだあの頃は本当のことを知らなかった…からか。ごめん」

「和喜の本当のご両親は、親父の親友で…ご夫婦で事故に巻き込まれて亡くなったって聞いている。遺児《いじ》になった和喜を、親父がひきとったんだ」

そう言って聖陽は、和喜が知らなかった彼のことを話して聞かせた。

「聖陽さんは、俺が血の繋がらない弟だって知っていて…それでも訃報を聞いて、あの家に来てくれたんだ」

「どうして？　って俺に訊いてもいいよ？」

「え？　えーと、どうして？」

「和喜が好きだから」

「…！」

「…というのもあるけど。親父の相続整理の時に、いやでも和喜が片桐の家の養子だと知ってしまうことは判っていたから。その時に傍《そば》に誰もいないと、どれだけ心細いかと思って」

自分のことを考えてくれていた聖陽の言葉に、和喜は無言で縋りついた。

「…でも、もう俺は一人じゃない。学校の…生徒さんのものだと思っていた父さんのことを話せる人が、一緒に偲んでくれる人がいる。聖陽さんがいてくれるから」

「…」

シャワーの音に消されて声こそ聞こえなかったが、聖陽もまた泣いていたのだ。

「俺を愛してくれて、ありがとう、聖陽さん。あの家はもう俺達の家ではなくなってしまうけど…でもこれからは俺が聖陽さんの帰ってくる場所で、聖陽さんが俺の帰る場所になる」

「あぁ、和喜」

目を細めて頷く聖陽へ、和喜はしあわせに満ちた笑顔を向ける。

「おかえりなさい、聖陽さん。…そしてこれからは一人だと思っていた俺にお兄ちゃんをくれて、ありがとう。俺は、聖陽さんが帰ってきてくれたことを心から嬉しく思います」

そして聖陽もまた、和喜を笑顔で抱き締めた。

「…ただいま、和喜」


その翌月、引っ越しを済ませた二人はこのマンションで新しい生活を始めていた。

…大学の夏休みに入ってしばらくしてから、俺は聖陽さんのマンションへと引っ越した。以前家にあった家財は殆ど全て処分してしまったので、引っ越しと言っても兄貴の家へふらりと遊びに来たような気楽な移動になっている。

「俺ね、やっぱりなーって思うことがあって」

「…」

頭上から聞こえてくる俺の声に、ブランケットを頭から被った聖陽さんが僅かに反応する。

うーん、だけどこの様子では多分きっと、間違いなく起きてないかな。

広い聖陽さんのマンションで、俺は部屋を一つ貰っている。聖陽さんは引っ越しを機に、ここで暮らす俺に新しい家財を揃えてくれた。

広い洋間の寝室兼用の俺の部屋。勿論、ベッドも買って貰った。

だけど俺は引っ越した初日から、そのベッドを殆ど使っていない。

何故なら俺がいつも夜を過ごす場所は、聖陽さんのベッドだからだ。

「俺は真夜中に起きてるし、和喜も大学の考査中には一人で好きに寝たいだろう?」

「でも聖陽さんのベッドのほうが、寝心地いいし。普段はこっちがいいなーって」

「和喜の好きなところで寝ればいいいよ」

聖陽さんは苦笑混じりで、俺が隣で寝ることを許してくれた。

彼のベッドの寝心地がとてもよいことは、本当だ。やや硬めのスプリングで、明け方に聖陽さんが隣に滑り込んできても、俺はまず目が覚めることなく眠っていられた。夜中トイレで起きてしまう時も同様、隣で寝ている聖陽さんが目を覚ますことがない。

…エッチの時も、そう。

適度に聖陽さんがもたらす衝撃を吸収してくれて、だけどダイレクトに彼を感じる振動を俺にくれる。嬉しいことは聖陽さんを受け止めても、その重さを殆ど負担に感じないこと。いつまでもずっと聖陽さんに抱き締めて貰えるし、抱き締め返すことが出来る。

残念なことは、彼の重さを直接感じられないこと。相手の体の重さや肌から伝わるぬくもりに愛おしさが募ることは、俺は聖陽さんに抱かれて初めて知った。

もっとずっと触れていたいし、触って貰いたい。猫が甘えてそうするように肌を擦りあわせて相手を刺激したいし、刺激されたい。

互いに触れている部分から溶けて、融合してしまいそうなくらい愛していると伝えたい。

でもそれは叶わないから、俺は言葉で伝える。

「…好きです、聖陽さん」

そして聖陽さんも、そんな俺に柔らかに笑って応じてくれるのだ。

「俺もだよ、和喜」

繰り返される告白と、繰り返される返答。何度も言いたいし、聖陽さんも答えてくれる。まるでこれまでずっと言えずにいた日々の分を、埋めるかのように。

その全てが、聖陽さんのベッドでなら叶うのだ。

俺のお気に入りは…シーツの匂いとか。このベッドは聖陽さんの使っているベッドなんだなー、ってそれだけで俺は興奮してしまうと言ったら、ドン引きされるかもしれないけど。

だって、願っても求めても絶対に手に入らない人だと、思っていた。

何故なら戸籍上は俺の兄である、人なのだ。俺にとって、唯一の家族。

ずっと離れて暮らしていたのに、父さんが急死して心配で家に来てくれた人だ。

そしてここへ引っ越すまでの間、結局聖陽さんはリビングのソファで寝泊まりしていた。

熟睡出来る環境ではなかったと承知していても、眠りの浅い人なのかと思っていた。

「でも本当は聖陽さん、結構かなりがっつり熟睡タイプだったんだな」

「多分…」

もぞもぞと眠そうな声が、ブランケット越しに聞こえてくる。

隣にいた俺は、そんな聖陽さんにブランケットの上から覆い被さるように覗き込んだ。

「あの家では俺を護らないといけなかったから、熟睡してられなかったんだろ」

「…そうでもないよ」

それは優しい大人の嘘だと、俺は知っている。自分は彼に護られているのだとそう思うだけで、舞い上がるようなしあわせを俺は感じてしまう。

「ここで一緒に暮らすようになって、俺はあの家でどれだけ聖陽さんに気遣われていたか、知ったよ。新しく発見することも多い。…たとえば、聖陽さんが意外に寝汚いとか」

「夜起きてるからだろ…それから」

「…！」

ふいに聖陽さんの手が俺にのび、シーツの上へ引き倒された。

そのまま強く、抱き締められる。応じて俺も足を絡めるようにして抱き締め返した。

「和喜があったかいんだよ…だから余計に眠くなるんだ」

「あー、俺のほうが体温高いから？」

「うん。あと…」

「？」

再び眠ってしまいそうなのか、聖陽さんの声が小さくなる。俺は耳を寄せた。

「和喜をこうして抱き締めていられるのが夢ではないから、安心していくらでも眠れる。だからもう少し寝よ…まだ夏休みなんだし。こうして抱き締めててやるから」

眠くて蕩けそうな声で囁く聖陽さんの誘いに、俺は抗う術をまだ持っていない。

「…うん」

だから今日もまた、しあわせで遅い朝を彼と迎えるのだ。

あとがき

こんにちは&初めまして。染井吉乃です。

ルチル文庫さんで八冊目の「君の隣にいたいから」をお届け致します。

おぉお…同じレーベルで八冊目、というのはなんとなく縁起がいいですね！（笑）

兄弟ものだけど、絶妙に違うヨ！　という、お話なので、兄弟ものはちょっと…という方も是非お手にとって戴ければ嬉しいです。どんな内容なのか端的に説明しますと、

『お兄ーちゃん、おしかけちゃった（語尾にハートマークがつきそうな口調で）』

…というお話です。

今回は同じレーベルから、某ゲストが友人役として登場してます。その本編では存在のみで、台詞もありませんでしたが、何かこんな感じのキャラです（笑）兄弟似てる気が…。

今回の登場人物の中で一番書きやすかったのは、何故かハネさんでした（笑）彼はプロット当時から安定していて、キャラ説明をするのに某アニメキャラっぽいですよね、と担当様にしたら一発理解して貰えました。あのキャラかな、と思い至った方はそのままそっと胸の奥にしまっておいてください。

主人公二人には特にモデルキャラはいません。そして書いてみて改めて判りましたが、私はツンデレキャラが苦手みたいです。いないわけではないのですが、不思議です。

そんなこんなの紆余曲折の主人公二人ですが、愉しんで戴ければ幸いです。

そしてそして挿絵を担当してくださいました六芦かえで先生、ありがとうございます！　先生の描かれる素敵主人公達を拝見するのが今からとても愉しみです。（実は今回、あとがき早めに書いてます）

この本をお手にとってくださった皆様にも、心から感謝を。

へたれな私の進行を見て、ここぞというタイミングで支えてくださる担当様、いつもありがとうございます！　今回も原稿進行に関し、本当に助かりました。次も頑張ります！

本を手にしてくださる皆様のお陰で、私はこうして頑張れます。

原稿中はほぼ人間をやめている私を支えてくれた家族と猫にも感謝を。

決定稿が出てから台割の関係上、少し頁があまりました。

CM頁も入れられますよー、と担当様に言って戴いたのですが折角なので小話を載せて戴くことにしました。エンドマーク後の、他愛のない主人公の二人の様子をお伝え出来たらと思います。

それでは皆様、また近いうちにお会い出来たら幸いです。

二〇一三年九月　　　　　　　　染井吉乃

✦初出　君の隣にいたいから……………書き下ろし
兄貴とベッド…………………………書き下ろし

染井吉乃先生、六芦かえで先生へのお便り、本作品に関するご意見、ご感想などは
〒151-0051 東京都渋谷区千駄ヶ谷 4-9-7
幻冬舎コミックス　ルチル文庫「君の隣にいたいから」係まで。

幻冬舎ルチル文庫

君の隣にいたいから

2013年9月20日　　第1刷発行

✦著者　染井吉乃　そめい よしの

✦発行人　伊藤嘉彦

✦発行元　株式会社 幻冬舎コミックス
〒151-0051 東京都渋谷区千駄ヶ谷 4-9-7
電話 03(5411)6431[編集]

✦発売元　株式会社 幻冬舎
〒151-0051 東京都渋谷区千駄ヶ谷 4-9-7
電話 03(5411)6222[営業]
振替 00120-8-767643

✦印刷・製本所　中央精版印刷株式会社

✦検印廃止

ISBN978-4-344-82933-6　C0193　Printed in Japan